Yves Ravey

Taormina

Roman

Aus dem Französischen von
Holger Fock und Sabine Müller

liebeskind

Die Originalausgabe erschien 2022 unter dem Titel
»Taormine« bei Éditions de Minuit, Paris.

Umschlagmotiv: Alexandre Rotenberg / Arcangel
Umschlaggestaltung und Herstellung: Robert Gigler, München
Typografie und Satz: Frese Werkstatt, München
Druck und Bindung: Friedrich Pustet, Regensburg

ISBN 978-3-95438-168-5

Für Marie-Joëlle

I

Nach Verlassen des Flughafens Catania-Fontanarossa bog ich mit dem Mietwagen im ersten Kreisverkehr nach Norden Richtung Taormina ab.

Die Vorstellung, dass nun unsere Ferien begannen, wärmte mir das Herz. Ab und zu blätterte Luisa eine Seite in ihrem Sizilien-Reiseführer um. So vergaß ich, wie wir die letzte Zeit miteinander verbracht hatten, als wir kurz vor der Trennung standen, denn bei allem sollte man bedenken: Nach diesen schwierigen Tagen brauchten wir, einer wie die andere, Ruhe und Erholung.

2

Nach einer Weile tauchte zwischen den vom Wind gekrümmten Bäumen das Meer auf. Vor einem Schild, das den Weg zum erstbesten Strand wies, nahm ich den Fuß vom Gas: zwei ikonische Zeichen, Sonnenschirm und Eistüte. Ohne groß nachzudenken, habe ich automatisch die Autobahnausfahrt genommen, die uns auf eine noch im Bau befindliche Zufahrtsstraße führte, vermutete ich zumindest, denn nun war nichts mehr ausgeschildert. Weder Richtungspfeile noch Leuchtmarkierungen oder Baken, nur ein Warnschild: Achtung! Baustellenausfahrt. Auf Italienisch. Aber ich spreche kein Italienisch, oder kaum. An der Gabelung fuhren wir rechts, und von da ab auf einem unbefestigten Weg zwischen üppiger Vegetation. Luisa war darüber nicht beunruhigt, fragte mich aber, was wir auf dieser Schotterpiste wollten.

Wir gelangten auf den Parkplatz einer Snackbar. Überall standen Baumaschinen, aufgestapeltes Baumaterial lagerte hinter Schutzgittern, kein Mensch war zu sehen. Aber egal. Ein Stück weiter entdeckten wir wieder das mit rosa Farbe auf ein verwittertes Holzschild gemalte Sonnenschirm-Symbol. Die Schotterpiste führte hinter den Parkplatz und verschwand dann direkt nach der ersten Kurve, an der ein Strommast stand, in der Vegetation.

Ich begriff auf Anhieb, dass wir ein Stück weiter, zu unserer Linken, direkt auf die Nationalstraße und den Autobahnzubringer gelangen würden.

Ich schlug Luisa vor, kurz anzuhalten, damit sie das Meer betrachten konnte. Der Strand war offensichtlich nicht weit, der Weg dorthin ausgeschildert, wenn auch nur schlecht, aber immerhin. Wir brauchten nur das Brachland vor uns zu durchqueren, auf dem hier und da Baugerät und riesige Betonröhren lagerten.

Die Atmosphäre war nicht erhebend, das kann man wirklich nicht sagen. Für einen ersten Ferientag war sie sogar ziemlich enttäuschend. Ich ging in die Snackbar. Der Barkeeper stand auf die Ellbogen gestützt hinter dem Tresen. Ich zeigte auf den Perkolator, bestellte zwei Espressos. Er stellte die zwei Getränke wortlos, aber das war mir egal, auf den Tresen, und ich balancierte die beiden Tassen auf ihren Untertassen wieder hinaus, indem ich die Flügeltür mit meinem Mokassin aufstieß.

Draußen war Wind aufgekommen. Er blies zu meiner erneuten Enttäuschung nicht wie erwartet Meeresluft heran, sondern gelbgrauen Staub, was ich auf die abgestellten Baumaschinen schob.

Luisa lehnte am vorderen Kotflügel, las in der Zeitschrift, die sie am Flughafen gekauft hatte, wartete. Ich gab mir einen Ruck und riskierte, dass sie mir meine Verstimmung anmerkte und unser Zwist vom Vorabend wieder von vorn beginnen würde: Hatte sie nun ihre Zeitschrift gelesen oder nicht? Sie aber knickte die Zeitschrift sorgfältig und steckte sie mehr schlecht als recht in die Gesäßtasche ihrer Jeans. Mit einer Handbewegung drückte sie ihre Enttäuschung darüber aus, dass sie das Meer nicht sehen konnte. Andererseits bekundete sie ihre Freude, nach den drei langen Flugstunden hier zu sein, mitten im Niemandsland.

In meinen Händen klapperten die Tassen unsicher auf ihren Untertassen und stießen aneinander. Ich passte auf, nichts zu verschütten, als ich sie auf die knallroten Latten des Tisches stellte, die wie die Metallrohrstühle frisch lackiert waren. Zu Luisa sagte ich, es gehe mir wie ihr. Das nennt man dann wohl eine Enttäuschung, fügte ich hinzu. Als hätten wir etwas verpasst, als hätten wir, als wir die Abzweigung nahmen, sozusagen, entschuldige bitte den Ausdruck, Luisa, an die falsche Tür geklopft. Aber allem Anschein nach lag nicht weit von der Abzweigung ein Sandstrand, ganz sicher, und dort würde dieses verlassene Brachland mit seinen Betonrohren enden.

Natürlich bedauerte ich es, irrtümlicherweise diese Ausfahrt genommen zu haben. So gesehen, und um nichts zu verbergen, empfand ich das als Schlappe, aber wie soll man sich zurechtfinden, wenn man den Straßenschildern nicht mehr trauen kann, ist doch so, Luisa, oder siehst du das anders …?, da stand klipp und klar Strand, nach rechts, ich habe doch nicht geträumt. Sie wies mich darauf hin, dass am Ende des Bremsstreifens zwei blinkende Warnlichter die Bauarbeiten angekündigt hätten. Dann steckte sie ihre Nase wieder in die Zeitschrift, die sie aus ihrer Gesäßtasche geholt hatte. Ich ließ nicht locker: Hier sei alles unbekannt für uns, kein Wunder, wenn man sich verirrte. Und ich verkniff mir auch nicht, meiner Frau, die wieder schwieg, vorzuhalten, sie sei nicht die Einzige, die vom Flug müde sei, auch ich müsse mich ausruhen. Das Beste sei deshalb, so schnell wie möglich loszufahren, um ins Hotel zu kommen. Doch sie hatte Lust, diesen Weg durch das Brachland in Richtung Küste zu erkunden. Wir sollten uns jetzt beeilen und zum Wagen zurückkehren, erwiderte ich. Allerdings war von vornherein klar, dass Luisa nicht von hier weggehen würde, ohne ein erstes Mal das Meer vor sich zu sehen. Seit Monaten hatte sie auf diesen Augenblick gewartet, um nichts in der Welt wollte sie ihn verpassen.

Ich stellte fest, dass wir in diesem Fall ein Stück zu Fuß gehen müssten, hinter den Stapeln von Rohren und Betonplatten und den Leerrohren aus biegsamem, orangerotem Kunststoff, die sicher dafür bestimmt waren, eine direkte Zufahrt von der Nationalstraße zum Strand zu schaffen. Eigentlich keine schlechte Idee, dachte ich. Aber was hatte das mit unseren ersten Urlaubsstunden zu tun? Was war daran so interessant? Wir stapften also um das Baumaterial herum und gelangten auf einen Feldweg.

Luisa ging mir jetzt voraus. Sie war barfuß, an ihrer Schulter baumelte die Handtasche, in der Hand die knallbunten Espadrilles. Ich beeilte mich, um zu ihr aufzuschließen. Ich spürte, dass es darauf ankam, Luisa nicht zu enttäuschen. Aus dem einfachen Grund, weil ich Sizilien ausgesucht und unser Hotel unter Dutzenden anderer im Katalog ausgewählt hatte. Meine Frau hatte lediglich unser touristisches und kulturelles Programm zusammengestellt. Sie marschierte jetzt locker und gemessenen Schrittes, aber entschieden voran. Um an den nächsten Strand zu gelangen, hätten wir, das erkannte ich am Verlauf des Geländes, über das Ende der Aufschüttung hinausgehen müssen, die im leichten Dunstschleier vor uns aufgetaucht war.

Der Tag ging zu Ende. Luisa hüpfte von einem Stein zum anderen. Mit einer Atemlosigkeit vortäuschenden Geste signalisierte sie mir, dass es noch weit sei bis zum Strand und unser Pfad durch das Gestrüpp tatsächlich nirgendwohin führte. Sie hatte nicht unrecht, ich schätzte, wir hatten nur noch wenig Zeit, wollten wir rechtzeitig in Taormina ankommen. Und ich ärgerte mich über die Verspätung am Flughafen, die unbegreiflich lange Warteschlange vor dem Büro der Autovermietung.

Von hier bis zum Parkplatz war es nicht weit. Wir gingen also weiter. Auf halbem Weg, hinter einem Hügel, stießen wir auf ein wildes Zeltlager, Frauen und Männer saßen um einen Campingkocher herum, die Rückenlehne eines Sofas versank im Gras, auf dem Boden lag alles Mögliche herum. Ich achtete darauf, Abstand zu halten. Eine nutzlose Vorsichtsmaßnahme. Luisa scherte sich nicht darum, im Gegenteil, sie traf gerne Leute. Die Hände in die Hüfte gestemmt, um den Horizont abzusuchen, wandte sie den Zeltplatzbewohnern den Rücken zu. Ihre Bluse flatterte im Wind. Ich ahnte, dass sie trotz ihrer Müdigkeit weitergehen wollte, sodass wir uns noch mehr verspäten würden. Deshalb rief ich sie, brüllte gegen den Wind an, der mir jetzt, anstatt meine Worte zu ihr zu tragen, in Böen entgegenschlug. Sie hat mich nicht gehört, oder wenn, dann nur bruchstückhaft das Echo meiner Stimme. Vornübergebeugt, die Hände in den Taschen, hastete ich zu ihr. Ich wusste, sie war enttäuscht, ich sagte zu ihr, ganz vorsichtig natürlich, aber ich sagte es: Um diese Zeit, Luisa, ist das Meer keine gute Idee. Weißt du, wenn man es recht bedenkt, verlieren wir hier nur Zeit, das wird mir jetzt klar. Doch in Sizilien zu landen, ohne sogleich einen Zipfel Strand zu Gesicht zu bekommen, ging ihr nicht in den Kopf.

Wir kehrten um. Bevor wir losfuhren, holte sie einen himbeerroten Mohair-Pullover aus dem Koffer, schlüpfte hinein, und so saßen wir nebeneinander vor der Snackbar. Ich versicherte Luisa noch einmal, dass ich mein Versprechen halten, der Urlaub gelingen würde. Sie lehnte sich an meine Schulter und erklärte, ich spräche nur für mich und würde, fügte sie hinzu, das nur sagen, um mich selbst zu überzeugen, dass ich dazu in der Lage wäre, denn im Grunde sei ich mir nicht sicher.

Um die Diskussionen zu beenden und weil es noch immer stürmte, flüchteten wir in die Snackbar. Der Kellner entschuldigte sich für die Unannehmlichkeiten, die die Baustelle verursachte, er sprach davon, dass entlang der gesamten Küste Wasserleitungen verlegt würden, und ergänzte, es werde noch Monate dauern. Dann servierte er uns einen Eistee an einem abseits stehenden Tisch im hinteren Teil des Gastraums. Auf unsere Diskussion zurückkommend, wollte Luisa wissen, was genau ich meinte, als ich von gelungenen Ferien sprach. Ob der Ausdruck etwa die praktische Organisation betreffe? Oder ob es um ihr Wohlbefinden gehe? Ich frage mich, erwiderte ich, ob es nicht besser wäre zu warten, bis wir unser Hotelzimmer bezogen haben, um über all das zu diskutieren.

Daraufhin faltete sie die Straßenkarte auseinander. Ob die Ferien gelingen oder nicht, darauf kommt es nicht an, sagte sie, weißt du, Melvil, was in meinen Augen zählt, ist das Hier und Jetzt. Ich legte die Straßenkarte auf den Tresen. Der Barkeeper zeigte mir die Route nach Taormina, es war nicht schwierig: Man folgte der Autobahn die Küste entlang. Eigentlich ging es nur darum, ein paar Worte zu wechseln. Im Grunde brauchte Luisa die Dienste des Barkeepers diesbezüglich gar nicht, sie sprach fließend Italienisch. Schon am Flughafen hatte sie sich ohne Probleme mit der Mitarbeiterin der Autovermietung unterhalten, als man uns nach einem langen und umständlichen Gespräch zuletzt dazu brachte, eine Zusatzversicherung mit Selbstbeteiligung abzuschließen.

Als wir die Bar verließen, war die Stimmung getrübt. Ich setzte mich ans Steuer, doch bevor wir losfuhren, forderte Luisa mich auf, sicherheitshalber und weil ich es bei der Schlüsselübergabe nicht getan hatte, die Scheinwerfer und die Kontrollleuchten auf dem Armaturenbrett zu überprüfen. Ich erklärte, das sei nicht nötig, der Wagen funktioniere einwandfrei, aber Luisa bestand darauf, tut mir leid. Sie stieg kurz aus, um die Standlichter zu prüfen, man könne nie vorsichtig genug sein, entgegnete sie schneidend, dann kam sie zurück und setzte sich auf den Beifahrersitz. Ich drehte den Zündschlüssel um. Ein Vorhang aus Regen fiel auf uns herab. Die bunten Glühbirnen an der Fassade der Snackbar gingen an und schaukelten, vom Wind geschüttelt, an ihrem Stromkabel. Ich nahm die unbefestigte Straße, die angeblich zur Nationalstraße führte. Von dort sollten wir über den Zubringer auf die Autobahn kommen. Der Sturm wird bald aufhören, sagte ich zu Luisa, im April sind kurze Regenschauer wie dieser nicht selten, habe ich im Reiseführer gelesen.

3

Wir legten ein paar Meter zwischen schlammigen Pfützen zurück. Im Rückspiegel tanzten noch immer die kleinen Lampen an der Bar. Ich konnte sie noch sehen. Der Regen war nur wenig schwächer geworden, die Sicht war sehr schlecht. Dicke Tropfen trommelten auf die Karosserie. Ich fürchtete Hagelschlag. Luisa fragte mich, ob ich wirklich den Reiseführer studiert hätte und April tatsächlich eine gute Jahreszeit für einen Besuch in Sizilien sei. Egal, um nicht in den Spurrillen zu fahren, hielt ich mich rechts und achtete darauf, nicht die nächste Abzweigung zum Autobahnzubringer zu verpassen. Vielleicht noch fünfhundert Meter, Luisa, wir haben es fast geschafft. Trotz des Scheinwerferlichts sah man kaum den Straßenrand. Ich bat Luisa, die Schotterpiste aufmerksam zu beobachten und mich vor jeder möglichen Gefahr zu warnen. Ausgerechnet jetzt fiel ihr ein, mich daran zu erinnern, dass es vielleicht besser gewesen wäre, wenn wir die Autobahn nicht so rasch verlassen, sondern die nächste Ausfahrt abgewartet hätten, jedenfalls hätten wir so eine Piste vermieden. Ihr sei das völlig klar, seufzte sie, aber ob ich …? Plötzlich gab es einen Knall. Einen heftigen Schlag gegen die Karosserie. An der rechten Vorderseite des Wagens. Ich dachte zuerst an ein mechanisches

Problem, doch der Aufprall war zu stark, schnell ließ ich den Gedanken fallen. Es klang vielmehr nach einem Zusammenstoß mit einem Hindernis. Mir fiel sofort der Betonsockel des Strommasts ein, den ich von der Snackbar aus gesehen hatte. Vielleicht hatte ich ihn bei der schlechten Sicht am Straßenrand gerammt. Gut möglich. Ich zog das Steuer nach links zur Fahrbahnmitte. Und sehr schnell sah ich einige Meter vor uns auf der Anhöhe die Kreuzung mit der Nationalstraße, angekündigt durch ein Vorfahrtsschild, darüber ein gelber Umleitungspfeil.

Ich bremste, fragte meine Frau, was passiert sei. Ich sei mit etwas zusammengestoßen. Das hat sie gesagt. Luisa hatte auf der Strecke im Scheinwerferlicht etwas Schemenhaftes gesehen. Etwas Schemenhaftes, was denn?, fragte ich besorgt, die Karosserie muss einen ziemlichen Schlag abbekommen haben! Was weiß ich, regte Luisa sich auf, der Aufprall war auf meiner Seite. Hast du nichts gesehen? Nein, ich habe nichts gesehen. Dann dachte ich an die Betonbauteile, die vor dem Parkplatz der Snackbar lagerten, sollte ich eine Baumaschine gerammt haben, ohne sie zu sehen …? Ein Baustellenfahrzeug womöglich …? Ein solcher Schlag …! Ich weiß nicht … Und Luisa bat mich, anzuhalten. Der Regen war wieder stärker geworden. Der Wagen rutschte mir an den Rand der Böschung. Die Piste war wie ausgewaschen. Das Auto neigte sich zur Seite. Ich fürchtete, stecken geblieben zu sein, in diesem Falle war es aller Voraussicht nach schwierig, wieder anzufahren … Ich stellte den Motor ab, ließ trotz des Regens die Scheibe herunter. Draußen war alles still. Wir blieben wortlos sitzen. Einzig Luisas keuchender

Atem war zu hören. Ich fragte mich, ob ich nicht zufällig die Ausfahrt verpasst hatte oder schlicht falsch gefahren war.

Das Gesicht meiner Frau verschwand im Halbdunkel. Auf der Suche nach dem Türöffner wanderte ihre rechte Hand die Wagentür entlang, ihre Fingernägel kratzten, als sie über das Metall glitten, am Stoff rieben. Ich empfahl ihr, sich zu beruhigen. Ich sagte: Denk an unsere Ferien, Luisa! Fang jetzt nicht wieder an! Es ist nichts passiert, ich habe nur irgendetwas gerammt, keine Ahnung, aber was für ein Rumms! Soweit ich sehe, muss man hier auf alles gefasst sein … Wir fahren einfach weiter, hörst du? Ich starte den Wagen, wir fahren langsam bis zur Kreuzung da hinten, nicht viel weiter. Ich sage dir, es ist ganz nah.

Luisa war es gelungen, den Türgriff zu ertasten und die Beifahrertür zu öffnen. Ich befahl ihr, sie wieder zu schließen: Du ziehst den Griff zu dir, Luisa! Bis die Tür zufällt! Und du bleibst sitzen! Sie wollte Klarheit haben. Sie sagte, ich habe eine Gestalt gesehen, ganz bestimmt, wir sind gegen etwas gefahren, keine Ahnung, es war … Was soll es denn gewesen sein, Luisa? Es war … ja, ich glaube, es war irgendeine Gestalt. Ich beruhigte mich wieder. Und fügte hinzu, in dem Fall könne es nur ein Tier gewesen sein, der Klassiker, das passe hierher, ein frei laufendes Tier, oder ein Hund, und bedenkt man den Aufprall, ein ziemlich großer Hund, vielleicht der aus der Snackbar, wer weiß, du hast nicht zufällig gesehen, ob dein Barkeeper einen Hund hatte? Du hast dich doch auf Italienisch mit ihm unterhalten, oder?

Luisa stieg aus und blieb einen Augenblick vor der geöffneten Tür stehen, ich beugte mich über ihren Sitz, um sie am Arm zu ziehen. Sie sagte, wir sollten umkehren, zur Bar zurückfahren, man wisse nie. Nein! Unmöglich, wir können hier nicht wenden, Luisa. Wir fahren weiter. Ich warne dich, das ist das letzte Mal. Steig endlich ein …! Sie setzte sich wieder auf ihren Platz und schloss die Tür.

Ich fuhr los. Vorsichtig. Ohne viel Gas zu geben. Wir steckten nicht fest, und mir muss ein Siegesschrei entfahren sein. Daraufhin fragte mich Luisa, ob man sich darüber wirklich derart freuen müsse. Die Sicht war weiterhin schlecht, aber der Regen hatte zum Glück nachgelassen. Als ich die Nationalstraße fast erreicht hatte, kam mir der Gedanke, dass der heftige Aufprall auf der Beifahrerseite auch von einem Zusammenstoß mit einem Menschen herrühren konnte, aber ich hütete mich, Luisa etwas davon zu sagen. In diesem Fall war es das Beste, zu verschwinden. Ich überlegte auch, dass wir vorsichtshalber im Hotel anrufen sollten, um sie über unsere Verspätung zu informieren, ich hatte keine Ahnung, wie spät es war, und wegen der Dunkelheit konnte ich die Uhrzeit weder auf dem schlecht beleuchteten Armaturenbrett noch auf dem dunklen Ziffernblatt meiner Armbanduhr ablesen, eines aber war klar, es war schon spät am Abend.

Wieder fuhr ich langsam an den Straßenrand, um die Nationalstraße zu überqueren, und ließ den Wagen etwa hundert Meter ausrollen. Schließlich hielt ich am Rand der Böschung, zog den Zündschlüssel ab und kramte in meiner Tasche nach dem Flyer, der die Telefonnummer des Hotels enthielt, fand ihn aber nicht. Ich erinnerte mich, ihn zusammen mit der Straßenkarte auf den Tisch gelegt zu haben, als wir in der Bar unseren Eistee getrunken hatten. Was hatte ich anschließend gemacht? Die Straßenkarte auseinandergefaltet. Insofern ich genau nachvollziehen konnte, was mit der Karte geschehen war – die Unterhaltung mit dem Kellner, die paar Worte, die wir im Vorübergehen mit einem anderen Gast gewechselt hatten –, musste der Flyer ja dort sein, wo die Straßenkarte lag. Ich musste sie nach der Unterhaltung neben unseren beiden Getränkedosen liegen gelassen haben. Dergleichen passiert mir öfters, ich lege mein Smartphone auf den Tisch und vergesse es.

Du meinst, du hast den Flyer auf dem Tisch in der Snackbar liegen lassen?, fragte Luisa. Dann können wir also nicht anrufen. Noch mal, erwiderte ich, das Beste ist, sofort weiterzufahren. Jetzt bedauerte ich es, angehalten zu haben. Wir müssen unseren Weg fortsetzen. Es kann wieder regnen, und dazu der Wind, hast du den Wind gespürt? Wenn wir in Taormina sind, haben wir Zeit, uns auszuruhen.

Luisa fragte mich, warum ich nicht wie jeder vernünftige Erwachsene die Nummer des Hotels einfach im Adressbuch meines Handys abgespeichert hätte? Mich mit solchen Fragen zu behelligen, sei jetzt nicht der richtige Zeitpunkt, gab ich zurück. Wir können später in aller Ruhe darüber reden, morgen am Pool zum Beispiel, bei einem Drink. Vergiss eines nicht, Luisa, wir sind nach Sizilien gekommen, um Urlaub zu machen, also machen wir das jetzt. Ich ließ den Wagen wieder an, stellte den Rückspiegel neu ein, nahm die völlig ausgefahrene Abfahrt Richtung Zubringer, dann ein paar Kilometer weiter die Autobahnauffahrt.

Mein Blick fiel auf Luisas Bein, im Schummerlicht unter dem Handschuhfach war es nur schwach zu sehen. Ich bemerkte, dass sie blutete, ein glänzender Fleck, doch ich unterließ es, darauf anzuspielen. Von nun an müssten wir noch vorsichtiger sein, mahnte ich und verband das ungute Gefühl, das ich angesichts meiner Fahrt in der Dunkelheit Richtung Norden hatte, mit der Warnung der Dame von der Autovermietung: Sizilien sei ein herrlicher Flecken Erde, für unvorsichtige Touristen oder solche, die Pech hätten, halte es aber auch unangenehme Überraschungen bereit. Achten Sie auf die Straßen. Auch Luisa ließ ich daran teilhaben: Entgegen unserer Vermutung hatte uns diese Frau, die im Grunde sehr sympathisch war, die Zusatzversicherung nur verkauft, weil sie uns damit einen Dienst erweisen wollte.

Ich legte meine Hand auf Luisas Schulter, strich über ihre Locken im Nacken und spürte die Wärme ihrer Haut. Ich sagte ihr, ich käme mir vor wie mittendrin in einem Abenteuer. Und dass wir zum Glück zu zweit seien. Weißt du, Luisa, ich weiß nicht, was auf dem Weg passiert ist, ich meine den Schlag, aber vielleicht haben wir damit ein Problem vermieden. Diese Reisen im Ausland sind immer ein wenig unwägbar. Und zugleich frage ich mich, was dir in den Sinn gekommen sein mochte, als du um jeden Preis zu diesem Strand wolltest. Luisa hat nicht geantwortet, sie hatte es eilig, anzukommen. Doch in mir keimte der Gedanke auf, dass es schwierig werden könnte, ins Hotel zu gelangen. Und warum könnte es schwierig sein?, fragte ich mich. Vom Gefühl her, und an dieser Stelle weihte ich Luisa ein, vom Gefühl her schien es mir nicht selbstverständlich, mitten in der Nacht an der Pforte eines Hotels zu klingeln. Wir werden alle aufwecken, dazu noch den Nachtportier, und darauf habe ich keine Lust. Außerdem wundere ich mich, dass niemand von der Hotelrezeption angerufen hat. Ich habe ihre Nummer nicht, aber sie haben unsere. Und ich frage mich, Luisa, die Frage richtet sich auch an dich, wie kann man in diesem Fall eine so späte Ankunft rechtfertigen?

Luisa fand es völlig normal, dass ein Touristenpaar wegen eines Unfalls oder eines verspäteten Flugzeugs nicht rechtzeitig ankam, das könne jedem passieren. Wir wollten die Küste entlangfahren, dafür sind wir niemandem eine Erklärung schuldig, Melvil, es geht niemanden etwas an, dass wir uns verfahren haben, wir sind erwachsen und geimpft, oder?

Ob gerechtfertigt oder nicht, und ohne meine Befürchtung mitzuteilen, fuhr ich aus Angst, ein möglicher Besitzer des Hundes oder irgendeines anderen Tieres könnte uns verfolgen, zum zweiten Mal unangekündigt von der Autobahn ab, nachdem im schwachen Licht der Scheinwerfer ein Schild aufgetaucht war. Gravinnella di Catania war im Vorbeifahren auf dem verrosteten Schild in mehr oder weniger erkennbaren Buchstaben zu lesen. Wir nahmen eine schmalere Straße entlang eines immer steiler werdenden Hangs, die in Richtung Ätna führen musste. Luisa fragte mich, was in mich gefahren sei, dass ich um diese Uhrzeit die Richtung wechselte … ohne sie um ihre Meinung zu fragen … Ich sagte ihr, dass ich eine

Pause benötigte und dazu im ersten Dorf halten wolle. An der nächsten Kreuzung kam ein neues Hinweisschild, rechts nach Nicoloso, links nach Gravinnella. Ich bog ab nach Gravinnella.

4

Kein Laut zu hören auf dem Dorfplatz. Ein Lebensmittelladen und die Straßenbeleuchtung, mehr nicht. Ich kaufte eine Flasche Wasser, Saft und zwei Sandwichs. Ich wusste nicht gleich, warum, aber die Ruhe in diesem Dorf war Balsam für meine Seele. Aus dem Hinterzimmer des Ladens drang gedämpft Filmmusik. Ein Fernsehgerät, der Bildschirm schwarz-weiß, stand auf dem obersten Brett eines Regals. Ich trat an die Tür, ließ Luisa von Weitem wissen, ich bräuchte noch fünf Minuten, und lehnte mich an die Wand zum Lagerraum des Lebensmittelgeschäfts, zunächst um herauszufinden, wie der Film hieß. Dann fragte ich mithilfe von Händen und Füßen und jeder Menge Ungeschicklichkeit nach einem Mittel zur Wunddesinfektion. Der Händler gab mir, was ich verlangte.

Luisa kam zu mir. Ich säuberte ihre Wunde am Bein. Sie saß auf einem Stuhl im Verkaufsraum und ließ es geschehen; die Augen nach oben auf den überkragenden Bildschirm gerichtet, konzentrierte sie sich auf die Geschichte, die in dem Film erzählt wurde. Wie ich hatte Luisa den Filmstar erkannt, der gerade beim Gang durch eine Gasse, möglicherweise in Venedig, aber vielleicht auch woanders, in ein Gespräch mit einem anderen Mann in Offiziersjacke vertieft war. Anschließend gingen wir nach draußen, wo vor dem Laden ein paar Tische aufgestellt waren, und nahmen auf Einladung des Händlers etwas zu uns, es sollte wohl eine Gemüsesuppe sein. Luisa kannte ihren Namen. Diese Suppe sei das Lieblingsgericht ihres Vaters, Professor Gozzolli, erklärte sie. Ihre Mutter habe die Brühe gewöhnlich mit Gemüse und Nudeln in einem sehr würzigen Sud gekocht, auf dem winzige Fleischstücke schwammen.

Ich fragte den Händler, ob er den Namen unseres Hotels in Taormina kenne: Via del Mare? Er lächelte, steckte die Hände in die Taschen seines blauen Kittels und erklärte, in Taormina herrsche kein Mangel an Hotels. Er könne kein einziges beim Namen nennen, übersetzte Luisa, es gebe vielleicht hundert, Sie können jederzeit im Telefonbuch nachsehen, meinte er ironisch, oder auf Ihrem Handy oder Computer, Sie werden es nie finden. Außerdem wundere er sich, dass wir zu dieser Stunde in Gravinnella aufkreuzten, ohne zu wissen, wo wir übernachten würden, denn Sie befinden sich, ehrlich gesagt, genau in entgegengesetzter Richtung zu Taormina. Aus Neugier erkundigte er sich, woher wir kämen, doch ich fiel ihm ins Wort und vermied natürlich, preiszugeben, dass wir in Catania gelandet waren, dann an der Küste angehalten hatten, um in aller Ruhe einen ersten Blick auf die Landschaft und das Meer zu werfen. Deshalb sagte ich so selbstverständlich wie möglich, wir kämen aus dem Norden, aus Richtung Palermo, mehr nicht.

Der Händler räumte seine Terrasse auf. Er packte die Stühle einen nach dem anderen an der Rückenlehne, stapelte sie neben dem Getränkeautomaten. Dann befestigte er sie mit einer Kette und einem Vorhängeschloss an der Mauer, vor der Regale standen, die Angebote für den Touristenbedarf enthielten, darunter Schnorchelsets und Strandspielzeug. Ich schlug Luisa vor, zum Wagen zurückzukehren. Als sie ihren Sitz eingenommen hatte und bereit war zur Abfahrt, fragte sie mich: Warum fahren wir nicht direkt nach Taormina? Wozu dieser Umweg? Der Händler hat recht, es ist ein bisschen dumm, hier zu bleiben.

Wie soll ich dir das erklären, Luisa? Diese Atmosphäre, diese Snackbar zwischen den Baufahrzeugen … wir taten gut daran, weiterzufahren, ganz bestimmt, und wenn du nicht überzeugt bist, sage ich es gerne noch einmal, es war besser so. Wir kannten dort niemanden. Sie fragte mich, welche Gefahr darin bestanden habe, zum Strand zu marschieren. In diesem verlassenen Nest hier würden wir ja auch niemanden kennen. Und im Ernst, Melvil, es war nicht mehr als ein kurzer Spaziergang, um das Meer zu sehen. Wir haben nichts verbrochen.

Ich schaute auf die Uhr, Mitternacht war vorbei; dann drehte ich mich nach dem Lebensmittelgeschäft um, und aus Angst, dass jemand zuhörte, flüsterte ich: Mach dir keine Sorgen, sobald die Sonne aufgeht, fahren wir nach Taormina, und gleich bei unserer Ankunft erkläre ich dem Hotelier unsere Verspätung, dass wir Schwierigkeiten hatten, ein Problem beim Abflug, das reicht. Niemand, weder in jener Snackbar noch auf der Schotterpiste, wird je wissen, wer wir waren oder woher wir gekommen sind.

Doch laut Luisa mussten wir uns nicht rechtfertigen.

Sie wiederholte es noch einmal. Außerdem haben wir darüber, erinnere dich, Melvil, schon im Auto diskutiert. Dann Schweigen. Das Gesicht zur Scheibe gerichtet, war sie kurz vor dem Einschlafen. Als ich mit der Hand ihren Sitz berührte, zuckte sie zusammen. Mit herabgesunkenem Kopf richtete sie sich so gut es ging in ihrem Sitz auf: Was, bitte schön, ist eigentlich passiert, Melvil, dass wir mitten in der Nacht hier in diesem Dorf sind? Erklär mir doch bitte: Was tue ich hier? Und warum bist du von der Autobahn abgefahren, ohne etwas zu sagen? Wenn du es genau wissen willst, Luisa, zuerst dachte ich, wir würden verfolgt werden, das mag dir dumm vorkommen, doch damit du Bescheid weißt, diese Geschichte, dieser Aufprall vorne, hat mich völlig durcheinandergebracht.

Der Händler schloss die Markise am Vordach, dann löschte er das Licht im Laden, und wir parkten vor dem Gemeindehaus, das an den Laden grenzte, neben uns der leere Dorfplatz. Luisa stellte mir eine neue Frage, die sich auf meine Verfolgungsangst bezog: Ehrlich gesagt, Melvil, ich wüsste nicht, wer sich für uns interessieren sollte, deine Verfolgungsgeschichte ist doch ziemlich weit hergeholt. Du bist ängstlich, ich weiß, trotzdem. Sie kauerte sich in ihren Sitz und bat mich um eine Decke. Ich erwiderte, wir seien in einem Mietwagen, es gebe keine weitere Ausstattung, weder eine Reisedecke noch eine Bettdecke. Luisa senkte die Rückenlehne ihres Sitzes, um ihn in Liegeposition zu bringen, dann rollte sie sich auf der Suche nach einer annehmbaren Schlafposition erst auf der einen, dann auf der anderen Seite zusammen.

Es klopfte an der Scheibe. Ich richtete mich auf. Der

Händler sah mir ins Gesicht. Ich öffnete die Autotür. Er habe ein freies Zimmer. Ich erwiderte, wir suchten keine Unterkunft für die Nacht, sobald es hell werde, würden wir weiterfahren. Doch das genügte ihm nicht. Er öffnete die Tür auf Luisas Seite. Ich bat ihn, er solle uns in Ruhe lassen. Doch er hatte ein freies Zimmer und zeigte auf meine Frau: Die Signora könne es gerne besichtigen, selbst wenn wir nur ein paar Stunden blieben.

Luisa stieg aus. Sie hatte genug. Nie in ihrem ganzen Leben hätte sie sich träumen lassen, beharrte sie, eine Nacht in einem Auto zu verbringen, und in was für einem Auto. Der Händler lehnte abwartend, mit verschränkten Armen an der Tür zu seinem Laden. Ich bat Luisa, sich wieder auf ihren Platz zu setzen, sie fügte sich. Ich warnte sie: Ich möchte, dass wir unerkannt bleiben, das müsste dir doch klar sein, oder? Aber wozu?, fragte sie mich, denkst du immer noch an die Sache mit dem Zusammenstoß bei der Snackbar? In dem Fall hättest du dich anders verhalten und zurückfahren müssen, Melvil, wie ich es dir gesagt habe. Aber Monsieur wollte ja wie immer nichts davon wissen.

Sie ging zurück zu dem Geschäft. Der Mann hatte das Nachtlicht in seinem Verkaufsraum brennen lassen. Im Gegenlicht hob sich seine Silhouette vor der Ladentür von dem schwachen Licht ab, das aus seiner Kühlvitrine kam. Er hatte seinen blauen Kittel mit Rückenspange abgestreift und wartete weiter. Außerdem bemerkte ich über ihm eine violette Moskitolampe, die von einem Gitter geschützt wurde. Er bat Luisa in seinen Laden. Gezwungenermaßen musste ich ihnen folgen, ich stieg also aus dem Wagen und massierte mein rechtes Bein, denn von der unbequemen Haltung hinter dem Steuer hatte ich einen schmerzhaften Muskelkrampf bekommen.

Nachdem Luisa über die Ladenschwelle getreten war, drehte sie sich zu mir um und warf mir einen vorwurfsvollen Blick zu. Ihre Augen erinnerten mich an die Anforderungen, die ihr Vater, Professor Gozzolli, an mich stellte. Ich entschied mich, erst vor dem Geschäft zu warten, dann im Innern am Fuß der Treppe, während die beiden die Stufen hinaufstiegen und dabei miteinander sprachen. Auch da verstand ich nicht ganz, was sie sagten, aber offenbar hatte dieser zuvorkommende Mann Luisas Müdigkeit bemerkt. Dabei fiel mir ein, dass ich mir von ihm bestimmt eine Decke leihen konnte. Ich würde sie sorgfältig gefaltet auf einem der Stühle vor seinem Laden zurücklassen, bevor wir weiterfuhren.

Ohne wirklich zu wissen warum, und entgegen aller Voraussicht, fühlte ich mich erneut vertraut mit diesem Dorf. Da ertappte ich mich bei dem Gedanken, dass es ebenso schön wäre, die paar Tage auf Sizilien in dieser kleinen Ortschaft zu verbringen wie in einem Viersternehotel in Taormina. Der von Mandelbäumen gesäumte Platz vor dem Gemeindehaus, in dem ein kleines ethnografisches Museum untergebracht war, schien mir ansprechend gestaltet mit seinem halbrunden Mittelteil, einem Belvedere, das auf ein Tal hinausging. Ich suchte die Dunkelheit ab, aber ich konnte nicht viel erkennen, nur Lichter in der Ferne, deren Ursprung ich nicht kannte und die hier und da funkelten.

Luisa kam wieder die Wendeltreppe herunter, gefolgt

von dem Händler. Das Zimmer passte ihr, ihrer Meinung nach konnte man dort die Nacht verbringen. Sie bat mich, den Händler zu bezahlen. Daraufhin erwähnte ich, dass ich ihr einen Aufenthalt in einem Luxushotel versprochen hätte. Ich fragte mich, wie ihr Vater, der Medizinprofessor, reagieren würde, wenn sie ihm erzählte, dass sie in einem Zimmer in einem abgelegenen Dorf inmitten der Berge geschlafen hatte, obwohl das Hotelzimmer bereits bezahlt war, wie er wusste. Ich brachte nicht das geringste Argument vor und antwortete in sanftmütigem Tonfall, wir könnten im Auto in aller Ruhe den Morgen abwarten. Meine Frau kam auf mich zu. Sie packte mich an den Handgelenken, während sie dem Händler den Rücken zudrehte, der mich beobachtete. Ich verstehe dich nicht, Melvil, wir können die Nacht in einem netten Zimmer im Warmen verbringen, es ist sehr gut in Schuss, und du, du lehnst das nicht nur ab, sondern bietest mir stattdessen den Beifahrersitz in einem Kleinwagen an. Wenn wir nicht hier in diesem Zimmer schlafen, dann fahren wir weiter. Ich erinnerte sie Punkt für Punkt daran, wie sehr wir angesichts der Umstände, mit denen unsere Verspätung zusammenhing, und aus Vorsicht genötigt seien, nicht sofort ins Hotel zu fahren. Was, wenn man an der nächsten Kreuzung auf uns wartet? Alles ist möglich, wie du weißt. Außerdem sehe ich keine Notwendigkeit, ein Zimmer nur für ein paar Stunden zu mieten. Schluss jetzt, wir beenden die Nacht hier im Wagen. Mir gefällt das Dorf auch, Luisa, aber nicht so sehr, dass ich bei einem Lebensmittelhändler absteigen möchte.

Sie kam auf meine Vermutung zurück, es könne sich

um ein frei laufendes Tier gehandelt haben, und ich sagte: Hör sofort auf damit. Zugegeben, ich habe die Möglichkeit eines frei laufenden Tieres oder eines Hundes erwähnt, vielleicht des Hundes aus der Snackbar, sollte es dort einen geben. Doch jetzt bedauere ich, davon gesprochen zu haben, denn du hast dir in den Kopf gesetzt, dass dieses Mal ein Hund am Straßenrand gewesen sei. Und ich sage: Es reicht! Daraufhin warf Luisa mir vor, nicht sofort nachgesehen zu haben, was es gewesen sei. Tatsächlich hätte ich, wie sie meinte, keine Sekunde gezögert, weiterzufahren, dabei wäre es das Beste gewesen, umzukehren und dem Barkeeper in der Snackbar zu erzählen, was uns passiert sei, er hätte uns dann beruhigen können. Das Leben ist einfacher, wenn man alles klar ausspricht, sagte sie vor Kälte schlotternd und fasste mich an der Hand. Sie kehrte zu dem Händler zurück. Mein Mann ist noch immer nicht einverstanden, ich beuge mich seiner Meinung. Während ich mit lauter Stimme, und mehr, um mich zu rechtfertigen, anmerkte, ich müsse nachdenken, es sei schon fast ein Uhr früh … Der Händler kehrte mit einem Kopfkissen zurück und reichte es Luisa. Es wurde immer kälter. Ich sagte, ich bräuchte nur den Motor fünf Minuten laufen lassen und die Heizung im Wagen anstellen, dann würde es erträglich sein. Luisa nahm mich wieder an der Hand, klemmte das Kopfkissen unter ihren Arm, der Händler gab ihr noch eine Wolldecke dazu, die meine Frau nicht ablehnte, und ich dankte dem Mann herzlich.

Ich wünschte mir nur eines, er möge bitte vergessen, dass wir hier waren. Und ich würde bei dieser Strategie bleiben, solange mir insgeheim der am Straßenrand liegende Tierkörper durch den Kopf spukte.

Luisa richtete sich für die Nacht ein. Ich dankte zum wiederholten Mal dem Händler, der nun endgültig die Pforten seines Geschäfts schloss. Ich hätte ihm gerne erklärt, warum ich lieber keine Spuren hinterlassen wollte, warum ich mir gewünscht hätte, dass alles ohne Probleme abgelaufen wäre. Dann wären wir einander vollkommen unbekannt geblieben. Was, wie ich mir durchaus klarmachte, komplett absurd war. Es wurde daher zwingend notwendig, dass ich mich Luisa gegenüber erklärte, was ich in denselben Worten tat. Sie seufzte: Es ist alles kompliziert, Melvil, sag jetzt bitte nichts mehr, ich bin todmüde. Sie rollte sich auf dem Vordersitz ein, in einer wegen der extremen Enge des Innenraums besonders schmerzlichen Stellung, das Gesicht in ihr Kissen auf der Rückbank gepresst, die Schultern auf der Rückenlehne des Sitzes in Liegestellung. Luisa war kurz vor dem Einschlafen. Aber ihre Wimpern zuckten noch. Wie soll ich sagen? Sie machte den Eindruck, der Schlaf habe sie übermannt, doch in Wirklichkeit hörte sie mir zu. Ich fuhr fort: Du hast doch begriffen, Luisa, dass es nicht ums Geld geht. Ich hätte nur gerne, dass man diese idiotische Geschichte vergisst und wir nicht mehr über das Hindernis auf einem irrtümlich eingeschlagenen Weg reden. Ich warf einen letzten Blick auf den von Mandelbäumen gesäumten Platz, den die Nacht verschlang. Der Händler machte sich noch immer in seinem Laden zu schaffen für den Fall, dass Luisa ihre Meinung ändern würde, wie ich annahm.

5

Der Morgen graute noch nicht, und ich war wach. Mir fiel ein, dass ich zwar vielleicht die Telefonnummer des Hotels verloren, aber zum Glück die Telefonnummer der Reiseagentur in meiner Anrufliste gespeichert hatte. Ich tippte ein wenig hektisch auf der Tastatur meines Handys herum, es wäre wirklich zu dumm gewesen, wenn … ja, ich hatte die Nummer tatsächlich. Auf das Risiko hin, Luisa zu wecken, die seit geraumer Zeit schlief, redete ich, wenn auch im Flüsterton, auf mich selbst ein: Hör auf, dir nutzlose Fragen zu stellen, Melvil, es ist doch kein Hexenwerk, in einer so bekannten Touristenhochburg wie Taormina ein Hotel zu finden, dessen Namen man kennt.

Luisa war allerdings wieder wach geworden. Zu meiner großer Überraschung verkündete sie: Weißt du, Melvil, dieser kleine Umweg verleiht unserem Urlaub einen gewissen Charme, und noch dazu ist dieser Herr sehr liebenswürdig, sieh nur, wie er sich gekümmert und mir die Decke gebracht hat! Ich stieg aus, denn ich sah, dass über dem Lebensmittelladen gerade das Licht angegangen war. Ich vermutete, dass dieser Mann auch schon auf den Beinen war. Er hatte darauf hingewiesen, dass er sehr früh aufstehen würde, aber mir lag daran, loszufahren, bevor er seinen Laden öffnete.

Verschlafen, mit zerzaustem Haar kam Luisa zu mir, mit der Wolldecke über ihren Schultern, die sie mit über der Brust gekreuzten Händen festhielt. Ihr Anblick erinnerte mich an die mutmaßliche Überlebende eines Erdbebens oder einer anderen Naturkatastrophe. Als Erstes brauchte sie, wie mir in den Sinn kam, eine schöne Dusche. Sie murrte: keine Toiletten, so war das nicht vorgesehen. Dann sprach sie vom Baden. Sorgfältig faltete sie die Decke und legte sie auf die Auslage für Obst und Gemüse. Ich muss verrückt sein, dass ich morgens um fünf hier mitten in der Pampa stehe, seufzte sie. Dann wollte sie, das ich ihr die Uhrzeit sagte. Was ich tat. Ich meinte auch, es sei jetzt nicht der richtige Zeitpunkt, sich Gedanken zu machen, in wenigen Stunden seien wir im Hotel.

6

Die Straße führte in Serpentinen bergab. Wir hielten einen Augenblick an einem Felsvorsprung mit einer Orientierungstafel, auf der zahlreiche Pfeile mit der Spitze auf die Namen von Hauptstädten auf der ganzen Welt wiesen. In der Ferne funkelte das Meer, ein Streifen so schmal wie das rosafarbene Band, mit dem Luisa in diesem Augenblick, eine Haarnadel im Mund, ihr Haar zusammenknotete. Sie zögerte keinen Augenblick, um von Neuem auf die Idee zurückzukommen, baden zu gehen. Ich dachte an den Pool im Hotel Via del Mare, den die Fotos auf dem Flyer zeigten. Heute würde es ein Bad in aller Frühe sein.

An der nächsten Kreuzung schlug ich die Richtung ein, die am naheliegendsten war, Richtung Autobahn. Luisa fragte mich, ob ich imstande sei, das Hotel zu finden, ohne die Adresse zu kennen. Ich zuckte mit den Schultern: Aber sicher, Schatz, das ist nicht so schwer, vertrau mir.

Nachdem wir die Autobahn überquert hatten, fuhren wir auf der Nationalstraße und nahmen dann rechts die holprige Schotterpiste, die zum Meer führte. Dort erwartete uns eine Parade von Strandkabinen, morsche Baracken mit Türen und Fensteröffnungen, die um diese Jahreszeit geschlossen waren. Ich parkte an der Böschung, in beträchtlichem Abstand zur Snackbar, an der wir am Vortag gehalten hatten, und achtete darauf, nicht zwischen den Büschen stehen zu bleiben.

Nicht länger als fünf Minuten, sagte ich zu Luisa, denn auch ich empfand das Bedürfnis, mich unter eine Dusche zu stellen. Sie holte einen Badeanzug aus ihrer Strandtasche und zog sich im Schutz einer Strandkabine um, deren Anstrich abblätterte. Ich legte den Koffer auf den Boden und öffnete ihn. Beim Durchwühlen stellte ich fest, dass wir keine Badetücher dabeihatten, versteht sich, meinte Luisa, man konnte ja davon ausgehen, dass es im Hotel welche gab. Egal, ich setzte mich vor eine der Strandkabinen und wartete. Ich sah Luisa von hinten, sie rannte bereits zum Meer. Als sie das Ufer erreichte, hörte ich sie rufen – es muss mein Vorname gewesen sein. Beim Gedanken an das eiskalte Wasser fröstelte ich.

Im Angesicht der Sonne, die um diese Zeit den Dunst zerriss, die Atmosphäre aber behaglicher machte, sah ich von Weitem hinter Luisa das Wasser hochspritzen. Brustschwimmend folgte sie einer Bahn, die sie vom Strand entfernte. In ihrer Handtasche zu meinen Füßen klingelte das Handy. Trotz der frühen Stunde dachte ich zuerst an einen Anruf von Marceline, der Sekretärin ihres Labors beim Nationalen Forschungszentrum CNRS, die häufig anrief. Tatsächlich aber war es, wie ich dem Display entnahm, ein Anruf aus Italien, dann kam die schriftliche Nachricht, das Hotel wundere sich über unseren Verbleib.

Zwischen Steinen, Muschelresten und Strandspielzeug aus Plastik, das von einer feinen Sandschicht überzogen war, wanderte ich hin und her, bis ich mich schließlich an eine Bank lehnte, deren Sitzflächen herausgebrochen waren, um das Ende ihres Badens abzuwarten. Dann spazierte ich wieder, die Hände in den Hosentaschen, mit einer gewissen Lässigkeit, wie mir schien, in der Nähe der stillgelegten Strandkabine auf und ab und achtete dabei auf meine weißen Mokassins aus Nubukleder, ein Geschenk von Luisa.

Ich ging zum Meer, und als ich den feuchten Sand erreicht hatte, schlüpfte ich aus den Mokassins und krempelte die Beine meiner Stoffhose hoch. Anschließend folgte ich den Fußspuren, die Luisa hinterlassen hatte. Sie machten einen Bogen in Richtung der weit hinten, südlich von uns gelegenen Mole. Luisa war nur noch ein schwarzer Punkt in der Weite des Meeres. Ich setzte meine ziellose Wanderung entlang der Mole fort, hüpfte über Steine und wich einer beträchtlichen Menge Müll aus. Dann holte ich mein Handy heraus, rief das Reisebüro an und bat sie, das Hotel Via del Mare über unsere bevorstehende Ankunft zu unterrichten, eine Sorge weniger. Mit dem Anruf vermied ich auch, lang und breit an der Rezeption auf die Nachricht einzugehen, die ich soeben auf Luisas Handy gelesen hatte, und unsere Verspätung von einem Tag zu rechtfertigen.

Richtung Catania löste sich der Dunst am Himmel auf, die Luft erwärmte sich. Ich freute mich, dass ich die Initiative ergriffen und Sizilien als Urlaubsort gewählt hatte, und ich marschierte Luisa entgegen, um sie in Empfang zu nehmen, als sie aus dem Wasser kam, und ihr mangels eines Frotteehandtuchs eines meiner Hemden zum Abtrocknen anzubieten, das ich aus dem Koffer gezogen hatte. Dann reichte ich ihr das Handy. Sie las die Nachricht. Ich sagte ihr, dass ich schon beim Reisebüro angerufen hätte. Alles war in Ordnung.

Als wir zum Auto kamen, stieß Luisa einen leichten Seufzer der Befriedigung über ihr Bad aus. Es beruhige sie, dass das Hotel informiert sei, fügte sie hinzu. Sie hatte mein Hemd anbehalten, das ihr bis zu den Knien reichte und ihr zu einem angenehmen und eleganten Bademantel verholfen hatte. Jetzt schüttelte sie ihr Haar und versuchte vergeblich, es zu entwirren. Das Wasser rann an ihren Knöcheln herab. Sie sei durchgefroren, sagte sie, ein Stimmungswechsel, denn es klang wie ein Vorwurf, der sich vielleicht gegen mich richtete. Tatsächlich sei sie noch nie in so kaltem Wasser geschwommen, abgesehen vielleicht von einem Tag in Ostende, im April, wie sie sich erinnerte. Was mich ein wenig ärgerte, da niemand sie gezwungen hatte, sich ins Wasser zu stürzen, weder an diesem Morgen noch im Jahr zuvor an der Nordsee. Ich ging nicht darauf ein. Freilich ließ ich es mir nicht nehmen, ihr zu erwidern, laut Vertrag, den wir im Reisebüro unterzeichnet hatten, sei im Ferienprogramm kein Eisbad vorgesehen. Ernster gemeint war hingegen mein Rat, während ich die Wagentür aufhielt und sie aufforderte, ins Auto zu kommen, sich in Geduld zu üben, denn vor unserer Ankunft im Hotel würde es keine Dusche geben. Nur damit du es weißt, Luisa. Doch das störte sie offenbar nicht im Geringsten.

Im Schutz der nächstgelegenen Kabine, die ihr als

wackliger Paravent diente, begann sie hastig, sich umzuziehen, sie zog am elastischen Stoff ihres Badeanzugs, um ihn über die Schulter zu streifen, und bat mich zitternd, mich so hinzustellen, dass ich sie zur Straße hin abschirmte, dabei kam gar kein Auto vorbei. Ich drehte ihr also den Rücken zu, um die Umgebung zu überwachen.

Als ich mich mit einer Hand auf dem vorderen Kotflügel abstützte und auf einem Bein meine Mokassins mit der Oberseite mehrmals gegen die Wagentür schlug, damit die Sandkörner herausrieselten, die ins Innere der Schuhe gelangt waren, bemerkte ich nebenbei, dass die Karosserie wahrscheinlich wegen des Aufpralls am Vorabend großflächig und stark verbeult war. Und ich wunderte mich über meine Nachlässigkeit und meine Unfähigkeit, etwas wahrzunehmen, was den Umständen nach eines Tages als Beweis für einen Unfall dienen könnte.

Damit wir uns richtig verstehen: Logischerweise verhält sich jeder Fahrer, der ein Hindernis rammt, wie ich und hält an. Und jeder erfahrene Fahrer, was auf mich nicht unbedingt zutrifft, prüft sogleich den Zustand seiner Karosserie. Wir haben einen Leihwagen, dachte ich, deshalb solltest du dir gut überlegen, Melvil, was du bei der Rückgabe des Wagens sagen wirst. Daran schloss sich der nächste Gedanke an: Man sieht es sofort, du wirst es vermasseln, denn du wirst erklären müssen, warum der Kotflügel so verbeult ist und warum du den Unfall nicht gemeldet hast. Nach reiflicher Überlegung entschied ich mich für das Wesentliche, nämlich, in der Zeit, in der ich meine Gedanken sortierte, bei Luisa keine Sorgen aufkommen zu lassen.

Ich setzte mich also ans Steuer und gab ihr ein schlichtes Handzeichen: Alles gut, wir kommen bald an. Sie setzte sich auf ihren Sitz: Warte kurz, Melvil! Bevor wir weiterfahren, könntest du die Windschutzscheibe sauber machen, man sieht nichts mehr vor lauter Sand. Sie reichte mir die zu drei Vierteln leere Wasserflasche, die wir im Lebensmittelgeschäft gekauft hatten, und erinnerte mich an unser Tagesprogramm: Besichtigung von Taormina mithilfe des Reiseführers, mit Schwerpunkt auf der Oberstadt. Dorthin gelange man, führte sie aus, über einen langen Treppenaufstieg, es sei denn, man nehme die Zahnradbahn, die bei Besuchern hoch im Kurs stehe. Das Mineralwasser gluckerte angenehm, als es sich aus der Flasche über die Windschutzscheibe ergoss. Ich wischte die feine Sandschicht mit der Handfläche weg. Luisa hatte natürlich recht, die Windschutzscheibe musste mal richtig gereinigt werden. Als wir dann wieder auf unsere Urlaubswoche zu sprechen kamen, erinnerte sie mich daran, dass sie es gern sähe, wenn wir uns Zeit nähmen, um diesen sehr netten Mann, den Händler in Gravinnella, wiederzusehen. Durch solche überraschenden Begegnungen könne sie sich, sagte sie, den Bewohnern nahe fühlen, und sie liebe es einfach, neue Bekanntschaften zu machen, vor allem auf Reisen.

Allerdings hörte ich Luisa kaum zu, mich beschäftigte der Gedanke, dass wir mindestens drei Stunden von unserem bereits eng getakteten Ferienprogramm dazu verwenden müssten, nach Gravinnella zu fahren. Noch wichtiger war jedoch ein anderer Gedanke, dass ich nämlich mit dem Autoverleih am Flughafen telefonieren musste, um den Unfall zu melden. Daran führte kein Weg vorbei. Zum Glück hatten wir die Zusatzversicherung nicht unnötig abgeschlossen, ich kam mir ein wenig lächerlich vor, denn für jemanden, der seit diesem Schlag gegen den vorderen Kotflügel unbemerkt bleiben wollte, war die Sache sozusagen im Eimer.

Wir erreichten ohne Unterbrechung die Autobahnabfahrt nach Taormina, und ich änderte unvermittelt meine Meinung: Aus Sicherheitsgründen und angesichts der Umstände, die mit dem Aufprall zusammenhingen, dessen Ursache, wie ich annahm, sicher ein frei laufendes Tier gewesen war, doch was ist schon sicher?, würde es vielleicht in meinem Interesse liegen, allen Scherereien zuvorzukommen und keine Spuren zu hinterlassen. Mir blieb also nur übrig, die Sache allein zu regeln, was bedeutete: Ich musste selbst eine Autowerkstatt finden.

Ich warf rasch einen Seitenblick auf meine Frau. Sie war so sorgsam gewesen, mein Leinenhemd auf der Rückbank ordentlich zusammenzufalten. Ihr Badeanzug trocknete bereits im Luftstrom, der durch die halb offenen Fenster hereinwehte.

Nach Verlassen der Autobahn nahm ich die Küstenstraße. Im Profil wirkte Luisa, den Kopf an die Nackenstütze gelehnt, jetzt unbekümmert, entspannt. Mit Befriedigung konnte ich feststellen, dass das Baden im Meer ihrer guten Laune förderlich war. Zumal ihr Gesicht schöner geworden war durch die winzigen Salzflecken, die, was mich nicht überraschte, die Gischtspritzer hinterlassen hatten. Sie trug ihre Sonnenbrille mit dem silbernen Rahmen, die ihr Vater, Professor Gozzolli, ihr geschenkt hatte, eine italienisch klingende Marke. War jetzt der Moment, ihr zu sagen, dass sie mit dieser Sonnenbrille noch zauberhafter aussah? Oder war ich zu eingeschüchtert, um ihr ein solches Kompliment zu machen, und sei es mit leiser Stimme? Was wollte ich ihr eigentlich sagen …? Dass ich sie liebte …? Dass ich glücklich war, mit ihr zusammen zu sein? Zufrieden, dass wir in den letzten Tagen den Sturm unseres jüngsten Streits gemeinsam hatten vorbeiziehen lassen?

Ich werde nicht mehr darauf zurückkommen, aber um das Thema abzuschließen, sei noch eines angemerkt: Wie jedes Paar erleben wir bisweilen stürmische Zeiten, und das alles gibt unserer Liebesbeziehung einen turbulenten Anstrich. Daher werden wir während unseres Aufenthalts auf Sizilien nicht oder nur selten darüber streiten müssen, welche Grenzen ich meinem Verlangen gegenüber Marceline gesetzt habe, Luisas Sekretärin in dem Labor für bioethische Forschung, das sie leitet. Und ich werde übrigens auch nicht über jenes kleine Abenteuer sprechen, das Luisa nach zahlreichen anderen vor Kurzem hatte, zu dem ich nichts weiter sagen will, außer dass ich darunter sehr gelitten habe. Unter uns gesagt, will ich nur festhalten, dass meine Frau im Gegensatz zu mir nie gezögert hat, nahezu systematisch fremdzugehen.

Ihren vorletzten Liebhaber, anfangs mein Freund, hatte ich eines Tages in der Warteschlange der Arbeitsagentur kennengelernt. Ich war dort wegen eines Beschäftigungsangebots, das ich letztlich abgelehnt hatte, weil es schlecht bezahlt und ohne Firmenwagen war. Das Ergebnis: Der Posten war weiter zu besetzen, aber nicht mit mir. Und Luisa fragte sich, ob das eines Tages ein Ende haben würde, immerhin sei es nicht allzu schwierig, eine Stelle zu finden, man müsse nur wollen. Das ist eine Frage des Respekts meiner Person gegenüber, hatte ich erwidert. Doch Luisa hielt mir entgegen, alle von mir abgelehnten Stellen seien mir auf dem Silbertablett präsentiert worden. Bei der Gelegenheit hatte ich ihr den jungen Mann vorgestellt, der wie ich eine Stelle im kaufmännischen Bereich suchte und mit dem ich mich angefreundet hatte, bevor er dann für eine Nacht ihr Liebhaber wurde, so hat man es mir gegenüber dargestellt: für eine Nacht, Punkt. Eine einzige. Wir sollten nicht darauf zurückkommen, Melvil. Außerdem will ich diesen Jungen nicht mehr sehen. Deshalb werde ich den weitverbreiteten Gedanken nicht mehr los, der übrigens völlig blödsinnig ist, dass Ihre Frau, sollte sie sich in einen anderen verlieben, sich dafür Ihren besten Freund aussucht. Aber gut, lassen wir das.

Ich entdeckte das Schild mit dem Namen des Hotels und zweihundert Meter weiter, in der verkehrsberuhigten Zone, die Zufahrt. Der untere Stadtteil, erinnerte mich Luisa, sei laut Reiseführer ebenso touristisch wie die Oberstadt, aber weniger überlaufen. Sie hielt mir das aufgeschlagene Buch unter die Nase, mit Lesezeichen auf der Seite Taormina, deutete auf die vier Sterne am Rand der Artikel über die Baudenkmäler, die es zu besichtigen galt, angefangen beim antiken Theater, und die den Angaben nach besonders imposant seien.

Wir rollten langsam unter einem schmiedeeisernen Tympanon in Form eines Kreisbogens durch das von zwei Palmen gesäumte Tor des Hotels. Zu unserer Rechten lag weiterhin das Meer. Luisa machte mir nach wie vor den Eindruck, unser Missgeschick vom Vorabend vergessen zu haben. Sie kostete nun die Schönheit des tropischen Parks aus, der sich zu beiden Seiten der Zufahrt erstreckte. Da sie sich beobachtet fühlte, lächelte sie mir zu, zufrieden, dass wir am Ziel unserer Reise waren. Zum Eingang zur Rezeption waren es jetzt nur noch ein paar Dutzend Meter, und ich wartete ungeduldig auf den Moment, da ich die unbekümmerte Luisa am Meerwasserpool zurücklassen konnte.

Ich ging die Sache vorsichtig an: Ich möchte dich nicht wegen einer Kleinigkeit beunruhigen, Luisa, aber wir sollten uns mit der Frage der Versicherung auseinandersetzen. Ich weiß, es hat keinerlei Bedeutung, wir haben Zeit, doch wir sollten uns den vorderen rechten Kotflügel etwas genauer ansehen. Ich bin mir nicht sicher, aber ich meine gesehen zu haben, dass er ganz schön verschrammt ist. Keine Ahnung, wie du darüber denkst, aber mir scheint, wir sollten als Erstes eine Karosseriewerkstatt ausfindig machen.

Luisa, auf die exotischen Pflanzen konzentriert, erinnerte mich beiläufig daran, dass wir doch mit der Zusatzversicherung alles richtig gemacht hatten. Keine leichte Aufgabe also, ihr anzukündigen, dass wir diese angesichts der Umstände auf keinen Fall in Anspruch nehmen sollten. In diesem Augenblick befahl sie mir, nach rechts zum Parkplatz abzubiegen, auf den ein Schild mit einem großen P hinwies, gefolgt vom Namen des Hotels: Via del Mare. Dann: Welcome.

Bei mir kam Freude auf, endlich waren wir in den Ferien. Und die haben wir uns reichlich verdient, Schatz. Und weißt du, liebste Louisette, die Nacht auf dem Platz in Gravinnella sollten wir uns dick im Kalender anstreichen. Einen besseren Start für unseren Urlaub hätte man sich wirklich nicht vorstellen können, scherzte ich gut gelaunt. Ich parkte den Wagen neben einer buschigen Hecke. Von Sträuchern verdeckt, war der vordere rechte Kotflügel nicht zu sehen.

7

Die Empfangsdame hieß uns willkommen. Sie war über unsere kleine Verspätung, wie sie es nannte, unterrichtet. Nun ja, warum nicht?, ich zuckte mit den Schultern in Richtung Luisa. Von Schwierigkeiten beim Abflug zu hören, schien die junge Frau zu amüsieren. Bevor wir auf unser Zimmer gingen, blieb ich einen Augenblick vor der Eingangshalle stehen, um nach dem Auto zu sehen. Luisa schlug den mit Steinplatten gepflasterten Weg zum Meerwasser-Schwimmbecken ein. Ich rief ihr hinterher, und als sie sich umdrehte, machte ich ein Foto, meine Frau strahlte. Ich fragte mich in der Tat, ob der kleine Umweg über Gravinnella nicht doch eine ausgezeichnete Idee gewesen war, es erinnerte uns an unsere ersten Reisen, und als wir später bequem in den Liegestühlen lagen und den Pool überblickten, sprachen wir von unserem Aufenthalt in Delphi und auf der Insel Skorpios.

Das Gespräch setzten wir den ganzen Nachmittag über fort, ausgestreckt auf unseren Bademänteln mit Blick aufs Meer. Ich nutzte die Gelegenheit und ließ Luisa bei einem Kellner des Hotels nachfragen, ob er nicht zufällig eine Karosseriewerkstatt kenne.

Der Kellner überlegte einen Moment. Mit dem Küchentuch in der Hand, polierte er ein Glas und erweckte den Eindruck, über meine Frage gründlich nachzudenken. Aber nur dem Anschein nach, denn offensichtlich, dessen bin ich mir sicher, suchte er nicht nach der Adresse einer Karosseriewerkstatt, sondern rechnete mit zusammengezogenen Brauen im Kopf aus, was ich ihm für die Bestellung schuldete. Dann: Warten Sie einen Moment. Wir wollten ihm natürlich nicht seine Zeit stehlen, während er Dienst habe, fügte ich hinzu. Nur für meine Ohren bestimmt, erinnerte mich Luisa daran, dass wir eine Zusatzversicherung abgeschlossen hatten. Sie sah also nicht ein, aus welchem Grund ich den Kellner nach der Adresse einer Karosseriewerkstatt fragte, und ich gab es auf, ihr zu widersprechen, und sagte zu ihr: Du hast sicher recht, Schatz, aber man weiß nie, fragen kostet nichts.

Gleich danach bestellte ich einen Aperitif, und wir setzten uns unter das Glasdach des tropischen Wintergartens. Der Kellner kam unverzüglich, in der Hand das Tablett, auf dem unsere beiden leuchtend orangeroten Schaumwein-Aperitifs standen. Er stellte die beiden Gläser zusammen mit Oliven und einem granatroten Teller auf den Tisch. Der Mann hatte bereits eine Lösung, er könne das regeln, meinte er. Mit wem? Keine Ahnung. Aber es sei möglich, zumal er unsere Lage verstehen könne. Da gäbe es nichts zu verstehen, erwiderte Luisa.

Hinsichtlich der Reparatur in einer Karosseriewerkstatt zählte ich, wie ich dem Kellner bedeutete, auf seine Diskretion. Nicht zu vergessen: unser volles Ferienprogramm, schließlich seien wir nur eine Woche hier. Wissen Sie, morgen ist Agrigent geplant, wir fahren früh am Morgen los. Wir könnten also übermorgen, am Mittwoch, auf das Auto verzichten, wenn das möglich ist, in dem Fall würden wir in Taormina bleiben. Wissen Sie, wir haben auch noch Ausflüge nach Syrakus und Ragusa geplant, es würde uns entgegenkommen, wenn Ihre Karosseriewerkstatt nur die Spuren des Zusammenstoßes beseitigte, mehr nicht. Der Kellner erwiderte, er müsse zuerst den Zustand des Wagens sehen, dann könnten wir noch einmal darüber sprechen. Es sei nicht das erste Mal, dass ihn ein Tourist nach der Adresse einer Karosseriewerkstatt frage, meinte er in beruhigendem Tonfall ein wenig komplizenhaft. Ich steckte ihm einen Geldschein zu, den er ohne mit der Wimper zu zucken einsteckte, ein kleiner Vertrauensvorschuss, dann nannte er den Namen seines Schwiegervaters, übersetzte Luisa für mich, doch ich hatte verstanden.

8

Später, nach dem Abendessen, blieben wir im Zimmer und saßen auf dem Balkon, der direkt auf den Park hinausging. Luisa hatte ihre Abendgarderobe gegen eine Jeans getauscht, die zu ihrer pistaziengrünen Jacke passte. Sie sagte, ich gehe ein wenig im Park spazieren, die Nacht wird mir guttun. Ich blieb ausgestreckt auf dem Bett liegen und wartete auf ihre Rückkehr. Dann kam mir der Gedanke, dass es am besten wäre, mich ihr anzuschließen.

Der Eingang zum Hotel lag im Dunkeln. Ich folgte dem kurzen, mit Nachtlichtern markierten Weg zur Bar, doch keine Luisa, weder am Tresen noch im großen Salon gegenüber der Rezeption. Auf den Wink einer Kellnerin hin, die beobachtet hatte, wie ich im Hotel von einer Ecke zur anderen irrte, entdeckte ich sie schließlich am Eingang zum Park. Meine Frau saß mit einem Tee an einem Tisch vor dem aufgeschlagenen Reiseführer, Seite Agrigent. Luisa legte ihren Stift auf das kleine Spiralheft, in dem sie sich immer Notizen machte. Von ihrem Platz aus sah man unser Zimmer. Durch die einen Spaltbreit geöffneten Faltläden fiel ein leicht violett getöntes Licht auf den Oleander auf dem Balkon. Luisa verkündete mir das Programm unseres Besuchs in Agrigent, das Tal der Tempel, dann das historische Stadtzentrum, vielleicht die Kathedrale, wenn die Zeit dafür noch reichte. Dann schaute sie sich mit mir die Strecke auf der Straßenkarte an.

Am Vormittag, es war elf Uhr, klingelte das Telefon. Die Empfangsdame sorgte sich, weil wir noch nicht erschienen waren, dabei stand unser Frühstück bereit. Ich hängte das Bitte-nicht-stören-Schild nach draußen an den Türgriff und sagte zu meiner Frau, die aus ihrem Traum gerissen worden war, ich würde im Frühstücksraum auf sie warten. Sie beeilte sich und kam gegen Mittag, den Reiseführer in der Hand, um mir ihre neueste Berechnung mitzuteilen: Trotz unserer Verspätung hätten wir reichlich Zeit, wir könnten die Nationalstraße 89 nach Agrigent nehmen und am Abend auf derselben Strecke zurückfahren. Ich fragte sie nach dem Programm für Agrigent. Die Tempel besuchen, das ist das Wichtigste, erinnerst du dich denn nicht, du hast nicht zugehört, antwortete Luisa. Mit dem einzigen Unterschied, dass wir uns dort nicht damit aufhalten, zu Mittag zu essen, eine kleine Tour durch die Stadt wird reichen, und wenn wir zurück sind, können wir baden gehen.

Ich bestellte einen grünen Tee und danach eine Schale Erdbeeren für Luisa. Draußen strahlte die Sonne.

9

In Villarosa, wo wir tankten, rief ich im Hotel an, um zu hören, ob es Neuigkeiten vom Kellner gab. Die Empfangsdame antwortete, Robertos Dienst beginne erst am Dienstagabend, und zum Schluss lehnte sie es ab, mir die private Telefonnummer des Kellners zu geben. Ich beugte mich zum vorderen Kotflügel vor, dessen verbeulter Zustand mich wahnsinnig machte, und bevor ich das Gespräch beendete und das Smartphone auf das Armaturenbrett legte, sagte ich noch, Roberto könne mich ja zurückrufen, wenn er wolle.

Wir waren die einzigen Kunden an der Tankstelle. Luisa stellte sich zu mir. Ich tankte, das Zählwerk lief und löste bei jedem gezapften Liter einen Klingelton aus. Der Klang verhallte in der Stille ringsum. Luisa drückte sich an mich, sodass ich meine freie Hand auf ihre Schulter legte, und ich hütete mich in diesem Augenblick, sie an diese belastende Versicherungsgeschichte zu erinnern. Wir hatten beide Besseres zu tun, vor allem mussten wir die verlorene Zeit einholen. Ich hängte den Zapfhahn ein, schloss den Tankdeckel. Luisa verschwand im Laden.

Trotz der mäßigen Temperaturen war der Innenraum klimatisiert. Ich zahlte mit Karte. Luisa sorgte für Nachschub, legte kalte Getränke und Pfefferminzbonbons auf den Tresen. Sie spazierte die Regale entlang, eine Architekturzeitschrift in der Hand, und während sie rasch ein Kinomagazin durchblätterte, fragte sie sich laut, ob mir diese Lektüre gefallen könnte. Danke, Luisa, sagte ich, das hat Zeit. Sie stellte das Exemplar zurück, um zu den Tageszeitungen zu gehen, unter denen sich viele Skandalblätter fanden.

Schließlich verweilte sie bei den Tagesnachrichten, dem Foto eines römischen Politikers zu Besuch in Palermo, der angereist war, um seinen Plan zur Belebung der Landwirtschaft zu unterstützen, wie ich die Schlagzeile für mich übersetzte, allerdings ersparte ich es mir zu überprüfen, ob ich sie richtig verstanden hatte. Für den restlichen Artikel auf der Titelseite reichten meine Übersetzungskünste nicht aus. Ich erwähnte es nicht. Keine Lust, meine Frau damit zu belästigen.

In Wirklichkeit geschah etwas ganz anderes. Luisa hatte es an der Kasse eilig, kaum dass ich meine Karte gezückt hatte. Ich fragte sie, was ist, Luisa? Sie faltete ihre Architekturzeitschrift, steckte sie mit den Pfefferminzbonbons in die Tüte, die der Kassierer ihr aufhielt, dann die Zeitung. Ohne mir zu antworten.

Als wir zurück im Wagen waren, las ich über ihre Schulter hinweg die Schlagzeile, alles in fetten Großbuchstaben, über die ganze Seite: Tod eines Kindes am Strand von Acireale. Daneben das Foto der Kinderleiche, zur Seite gedreht, im Gras. Dann ein Zwischentitel, laut vorgelesen von Luisa: die Leiche war mitten in der Nacht gefunden worden, das Kind aus einem Lager entlaufen …

Ich drehte den Zündschlüssel um. Luisa stieg wieder

aus, um im Nebenraum des Ladens zu verschwinden, ich geduldete mich, den Motor im Leerlauf. Während ich wartete, nutzte ich die Reinigungsmittel am Fuß der Zapfsäule, darunter ein Scheibenreiniger, um die Windschutzscheibe nass abzuwischen, und beseitigte mit dem Schwamm die Mücken auf den empfindlichen Oberflächen. Ich tat es mehr, um meine Untätigkeit zu überbrücken, die Windschutzscheibe war, ehrlich gesagt, nicht sehr schmutzig, ich hatte sie ja am Vorabend gewaschen.

Luisa kehrte auf ihren Sitz zurück. Sie bat mich um ein Papiertaschentuch. Ich ließ Schwamm und Eimer stehen, zog eine Packung Papiertaschentücher in Zellophan aus der Strandtasche, die auf der Rückbank stand. Sie klappte die Sonnenblende herunter, öffnete den kleinen Schminkspiegel, suchte in ihrem Kosmetiktäschchen, das sie im Handschuhfach deponiert hatte, nach einem Pflegeprodukt und holte es hervor.

Ich wollte wissen, ob alles okay war. Keine Reaktion. Ich berührte nur ihre Schulter, doch Luisa drückte sich an die Beifahrertür, was bewies, dass meine Geste unerwünscht, schlimmer noch, lächerlich war. Ich fuhr los, erster Kreisverkehr, Straßenschild Richtung Agrigent. Mit Nachdruck sagte ich, den Blick auf die Straße gerichtet: Wir fahren weiter. Du hast Agrigent gesagt, oder? Gut, dann fahren wir jetzt dahin, immer geradeaus. Wir fuhren in vollem Tempo auf der Umgehungsstraße an Caltanissetta vorbei, nachdem ich zunächst vorgeschlagen hatte, in die Stadt hineinzufahren, um etwas zu trinken.

Luisa wollte nicht in diese Stadt. Gut, Luisa, verstanden. Keinen Umweg. Im Gegenzug befahl sie mir, ein oder zwei Kilometer weiter anzuhalten, und so hielt ich unterwegs mitten zwischen den Feldern an und manövrierte ein wenig hin und her, um danach startklar zu sein. Obgleich an der Tankstelle so wenige Leute waren, herrschte, wie ich jetzt erst merkte, dichter Verkehr. Lastwagen, Lieferwagen mit Planaufbauten von landwirtschaftlichen Erzeugern fuhren einer nach dem anderen vorbei. Unterhalb von uns, in den nahe gelegenen Feldern, bemerkte ich eine Gruppe Frauen, die irgendetwas ernteten, es interessierte mich nicht. Und warum sollte mich das auch interessieren? Zu meiner Entschuldigung und weil ich spürte, dass sie ratlos war, sagte ich: Ich dachte, wir wären allein, deshalb habe ich hier gehalten. Luisa öffnete die Beifahrertür. Das sagst ausgerechnet du!, meinte sie ironisch und wandte sich mir zu. Dabei habe ich mehr denn je gespürt, wie vernichtend ihr Blick sein kann.

10

Sie fragte mich, ob ich mir immer noch sicher sei, dass es zwei Abende zuvor ein Hund war. Keine Antwort. Von Weitem betrachtete ich die Frauen, die sich bei ihrer Arbeit um einen Anhänger scharten. Trotz der Entfernung hörte ich ihre Stimmen, die bald vom fortwährenden Auspuffgeräusch eines Einachsschleppers übertönt wurden, das der Wind in unsere Richtung trug. Die Hitze war geblieben, im Gegensatz zur Kälte, die wir empfunden hatten, als wir aus dem Flugzeug gestiegen waren, wie auch am Vorabend am Strand. Ich fuhr los.

Wir bleiben dabei, wir fahren direkt nach Agrigent!, sagte ich noch einmal. Hol dein kleines Heft raus, Luisa, dasselbe Programm. Zwanzig Kilometer weiter, fügte ich mich dem Wunsch meiner Frau, die eine Pause einlegen wollte, sie fühle sich nicht gut. Ich steuerte einen Parkplatz an, auf dem zahlreiche Lastwagen parkten. Luisa hielt mich davon ab, zu viel los hier, Melvil. Wir halten später. Ich fuhr also weiter.

Der heftige Schlag gegen den vorderen Kotflügel kam mit Macht zurück, unvermindert stark. Ich erlebte die Sekunden vor dem Aufprall wieder und verhehlte es nicht. Wir sind gegen etwas geprallt, Luisa, so viel ist sicher, aber es war kein Kind. Sie widersprach mir nicht. Ihre

Sonnenblende war nicht nach unten geklappt, das schräg einfallende Licht spielte auf ihrem Gesicht und den geschlossenen Lidern. Ich bemerkte es, wenn ich den Blick von der Straße abwendete. Rechnete man alles ein, hatten wir von hier bis Agrigent noch mindestens eineinhalb Stunden Fahrt vor uns. Zeit genug, um nachzudenken.

Eins ist klar, Luisa, setzte ich wieder an, umzukehren wäre ein Fehler gewesen. Wenn ich auf dich gehört hätte, wären wir zurückgefahren. Das wolltest du doch, oder?, unter allen Umständen in die Snackbar zurück. Darf ich dich daran erinnern, dass ich den Flyer des Hotels auf dem Tisch liegen gelassen habe … Und was ändert das daran, Melvil, dass wir deinen Flyer vergessen haben? Was habe ich mit dem Ding zu tun …? Du, Luisa?, nahm ich den Faden auf: Hättest du wirklich in dem Moment diese Bar betreten wollen? Du verstehst gar nichts! Stell dir vor, wir haben gerade ein Hindernis gerammt, und dann kommst du in dem Augenblick hereinspaziert …? Nein …? Im Ernst? Du wärst dem Wolf in den Rachen gesprungen. Ich verstehe kein Wort, erklärte sie und schloss mit einem Klicken den Bügelverschluss ihres Kosmetiktäschchens. Und dann sagte Luisa noch einmal, sie fühle sich nicht wohl.

Wir hielten am Rand eines Vororts, der schon zu Agrigent gehörte. Luisa stieg aus, die Hand flach auf den Bauch gepresst. Sie fragte, ob ich nicht ein Lakritzbonbon hätte. Ich stieg aus, der Gehweg lag an einer zweispurigen, von Lastwagen befahrenen Straße, die mit einem Höllenlärm in Höchstgeschwindigkeit an uns vorbeirauschten. Ich wickelte die Aluminiumfolie von einer

Stange Bonbons in Form von Drops ab, reichte sie Luisa und suchte nebenbei nach dem Leuchtschild einer Apotheke. Immer wenn Lastwagen vorbeifuhren, ließ ein Luftzug ihr offenes Haar zu beiden Seiten ihres Gesichts auffliegen. Unmöglich, ein Gespräch zu führen. Wir kehrten ins Auto zurück, schlossen wegen des Lärms die Fensterscheiben.

11

Soll ich dir etwas sagen, Luisa? Man riskiert eigentlich nichts. Sie schraubte die Stimme hoch: Wen meinst du mit man, wenn du sagst, man riskiere nichts? Ich antwortete: Man sind wir, ich meine damit uns. Einen gewissen Melvil Hammett und eine gewisse Luisa Hammett, die niemand in ganz Sizilien kennt. Erinnere dich: Es war stockfinster, wir sind höchstens fünf Minuten stehen geblieben, in denen wir uns kurz abgesprochen haben. Was willst du damit sagen, Melvil? Sag endlich klipp und klar, was du meinst.

Ich will damit sagen, dass der tödliche Zusammenstoß ohne Zeugen, provoziert durch einen Raser, wie ihn der Autor des Artikels in deiner Zeitung am Anfang nennt, letztlich nur ein einfacher Verkehrsunfall ist. In diesem Fall ist niemand schuldig, weil niemand etwas gesehen hat. Verstehst du? Diese Art von Zusammenstoß kann jedem passieren. Fragen wir uns doch zuerst: Was hatte dieses Gör deiner Meinung nach mitten auf der Straße zu suchen? Antwort von Luisa: Na, es ging dort entlang … Ich unterbrach sie: Ja, genau, wie irgendein Kind, mitten in der Nacht, bei Regen, auf einem Feldweg …! Darum geht es nicht, Melvil. Es geht darum, herauszufinden, ob das alles ein simpler Unfall ist, wie du behauptest … Das Kind ist tot, aber vielleicht hätte man es retten können.

Dann hätte es ja genau dieses Kind sein müssen, gab ich zurück, aber das ist doch gar nicht sicher. Nichts und niemand weist tatsächlich darauf hin, dass wir seinen Weg gekreuzt haben. Du, Luisa, bildest dir ein, wir seien die einzigen Touristen, die diesen Weg entlang der Küste mit dem Auto zurückgelegt haben! Und in deiner jugendlichen Naivität schließt du daraus, dass wir zu dem Zeitpunkt, an dem wir in völliger Dunkelheit unterwegs waren, ein Kind am Straßenrand erfasst haben! So wahr ich Melvil heiße, das glaube ich nicht! Du malst dir gerne aus, wie du jemandem zu Hilfe eilst. Wir sind hier, mitten in Sizilien, rein zufällig haben wir gerade erfahren, dass nicht weit entfernt von einem Strand am Rand eines Brachlands ein Kind überfahren wurde, ein Kind, das namenlos ist, und du fühlst dich betroffen.

Davon spreche ich nicht, Melvil, das weißt du genau, gib mir wenigstens die Zeit, meine Meinung zu äußern, ich sage dir, wenn wir ausgestiegen wären, wie ich es wollte, hätten wir ganz bestimmt ein Kind gefunden, und in dem Fall hätten wir ihm Hilfe leisten und sein Leben retten können. Unmöglich! Schluss jetzt, Luisa! Da war niemand, wie ich schon gesagt habe, es war finstere Nacht, es regnete, das macht die Sache nicht einfacher. Ich für meinen Teil würde mich nicht wundern, und ich bleibe auch jetzt dabei, dass wir es mit einem frei laufenden Tier zu tun hatten. Ich will nicht sagen, mit einem Hund, aber mit einem Wildtier, welches, weiß ich nicht … Und wer sagt dir eigentlich, Luisa, dass wir das waren?

Meine Frau antwortete nicht. Sie las noch einmal den Artikel, beugte sich über die Zeitung auf ihren Knien. Sie ließ die Scheibe herunter, um ein wenig frische Luft zu atmen, wie sie sagte. Dann faltete sie die Zeitung auseinander, blätterte vorsichtig jede Seite um bis zu dem Artikel, der in der Mitte über die ganze Doppelseite ging: Fotos, Text, fette Überschriften. Sie erinnerte mich daran, dass der Journalist ein Nomadenlager in der Gegend unweit des Meeres erwähnt hat. Da waren wir doch. Der Name des Strands wird im Artikel nicht erwähnt, aber es soll bei Acireale sein, und nicht weit entfernt davon, hinter dem Hügel, liegt das Zeltlager der Migranten. Es ist also völlig plausibel, dass sich dort ein Kind am Straßenrand aufgehalten hat. Im Artikel steht auch, die Mitglieder dieser Familie seien über das Meer gekommen, bei Syrakus an Land gegangen, dann habe man sie in diese Ecke des Strands gebracht. Niemand versteht, warum. Das Gebiet wird von der Polizei durchkämmt. Ansonsten gibt es diese Spur: Es ist durchaus möglich, dass ein verirrter Tourist irrtümlich den Weg genommen hat, der am Lager vorbeiführt, weil er so schlecht ausgeschildert ist. Gib es zu, Melvil, genau das haben wir selbst erlebt.

Lasse man jeden falschen Verdacht einmal außer Acht, erklärte ich, sei es, objektiv betrachtet, weniger schlimm, als es aussehe. Um es klipp und klar zu sagen, Luisa, verstehe mich nicht falsch. Ich sage nicht, dass es weniger schlimm ist, weil es das Kind von Migranten ist, ich möchte nur zu bedenken geben, dass das wahrscheinlich häufiger vorkommt. Ich glaube also, dass die Behörden in der Region Catania nicht gleich alles auf den Kopf stellen werden, um den Verantwortlichen zu finden. Wobei es zunächst keinen Verantwortlichen gibt!

Du willst mir also eiskalt sagen, dass der Tod eines Migrantenkindes nicht zählt?, antwortete Luisa. So habe ich es jedenfalls verstanden. So hast du es verstanden, Luisa, aber das habe ich nicht sagen wollen. Im Übrigen wäre ich, wie du weißt, gar nicht in der Lage, so etwas zu behaupten … Ich wollte sagen, das musst du doch verstehen, dass die Polizei nicht Himmel und Hölle in Bewegung setzen wird wegen eines Kindes, das niemand kennt, das gerade erst ins Land gekommen war, wie es in dem Artikel heißt. Das muss irgendwo im Text stehen, wenn du genau liest, oder? Würde mich wundern, wenn der Journalist vergessen hätte, das zu erwähnen.

Luisa antwortete nicht gleich. Sie las wieder in dem Artikel. Dann, nach längerer Überlegung: Wir sind nicht weit von dem Lager entfernt vorbeigekommen, ich habe es gesehen, als ich Richtung Strand ging, daran erinnere ich mich jetzt.

Stille … Ich stieg aus dem Wagen, um mir ein wenig die Beine zu vertreten. Am besten weiterfahren. Ich fragte Luisa, ob es ihr besser gehe, und setzte mich wieder ans Steuer.

12

Eine Stunde später hielten wir auf dem Seitenstreifen, vor dem Schild Agrigento – 20 km, und ich stieg wieder aus. Luisa folgte mir, kam zu mir. Sie wünschte sich so sehr, das alles wäre nie geschehen. Nicht hier, Melvil, nicht jetzt. Ich fragte sie, wovon genau sie spreche. Vom Tod des Kindes, erwiderte sie.

Von nichts anderem, Luisa? Sie betrachtete die Straße, die schnurgerade verlief. Ich holte mein Smartphone heraus, machte ein Bild von Luisa unter dem Schild. Ich sagte: Tut mir leid, dass dieses Kind, wenn dem so ist, möglicherweise unter meine Räder gekommen ist. Auch ich bedauere das. Sehr sogar. Gib mir ein schönes Lächeln, bitte.

Einzige Antwort von Luisa: Wir sollten zur Polizei gehen. Ich hatte es kommen sehen ... in gewisser Hinsicht! Um ehrlich zu sein, mir graute von Anfang an davor, zur Polizei zu gehen. Ich machte weiter Fotos und redete in einem fort. Doch nun änderte ich den Tonfall und gab meinen starken Vorbehalten Ausdruck: Ich bin verblüfft, Luisa, dass du ein solches Vorgehen ins Auge fassen kannst! Am Ende muss ich annehmen, dass du langsam verrückt wirst. Hat dir etwa die Sonne das Hirn verbrannt? Wenn du jetzt zur Polizei läufst, lüftest du den

Schleier eines Verbrechens, das du nicht begangen hast. Ist mir egal, antwortete sie.

Während ich zwischen den Steinen, die auf dem Grünstreifen herumlagen, mit flatterndem Hemd nach festem Stand auf dem unebenen Gelände suchte, um das Gleichgewicht zu wahren und den richtigen Bildausschnitt zu finden, merkte ich, dass ich immer wieder gezwungen war, meiner Frau Antwort zu geben, und langsam kam mir der Gedanke, dass das nie aufhören würde.

Deshalb setzte ich, entschlossen, diese neue Initiative im Keim zu ersticken, noch einmal an: Zur Polizei zu gehen, Luisa, wäre ja so viel einfacher, aber … ich sage dir eines: Im Prinzip stellst du dich den Behörden, wenn du einen Fehler gemacht hast … Aber wenn du nichts falsch gemacht hast? Wenn zumindest niemand bezeugen kann, dich bei einem Vergehen gesehen zu haben? Was machst du dann? Du hältst den Polizisten deine Handgelenke hin und sagst, ich bin nicht sicher, ob ich die Tat begangen habe, aber stecken Sie mich vorsichtshalber mal ins Gefängnis …? Willst du das? Dass man dich hinter Gitter bringt? Hör mir gut zu, Luisa, wir haben nichts mit diesem Unfall zu tun, und ich frage dich: Angenommen, du machst diesen Schritt, könnte man daraus ableiten, dass wir vor Ort waren? Das lässt sich unmöglich nachweisen. Sie brauchen Beweise, verstehst du, nicht genug, dass du sie nicht lieferst, du erfindest sie.

Außerdem ist da noch etwas, glaube ich. Vielleicht betreten wir das Gelände von Mutmaßungen, man weiß ja nie, aber … Stellen wir uns einmal vor, ein Ermittler würde uns wie durch ein Wunder auf die Spur kommen, schon darüber wäre ich erstaunt, denn es ist unmöglich. Nun gut, in diesem Fall hätte er uns bereits im Hotel aufgesucht, doch ich kann dir versichern: Es war niemand da! Und warum? Weil wir nichts weiter getan haben, als bei der Snackbar vorbeizukommen, und dort haben wir zwei Minuten angehalten, einen Kaffee und dann einen Eistee getrunken. Bevor wir verschwanden … Dazu sagst du nichts, Luisa …? Eine andere Annahme: Wer könnte deiner Meinung nach beweisen, dass es sich um unseren Mietwagen handelt … ? Meine Frau gab zurück, sie sei nicht so naiv, und fügte hinzu, jeder hinterlasse, ohne es zu merken, immer eine Vielzahl von Spuren. Du machst dir etwas vor, mein armer Melvil. Sieh der Wahrheit ins Gesicht: Du und ich, wir haben nach einem Unfall Fahrerflucht begangen. Etwas anderes fällt dir dazu nicht ein, Luisa? Nein! Ich habe noch ein Argument: Du weißt, was mit dem vorderen Kotflügel los ist. Wolltest du nicht gestern Abend den Wagen zur Reparatur geben? Ich sagte nichts mehr. Schließlich fuhr ich in einem vorgeblich selbstsicheren Ton fort: Es gibt immer eine Lösung, sprechen wir später darüber, wenn wir das Problem noch einmal durchgespielt haben.

Wir schwiegen. Sie machte ein paar Schritte neben der Böschung, nachdenklich, mit angestrengtem Gesicht, dann kehrte sie zurück, ergriff als Erste das Wort. Ohne noch einmal auf den Vorschlag zurückzukommen, zur Polizei zu gehen. Dieser Wandel hat mich überrascht. Offenbar war sie der Ansicht, sie habe nun genug dazu gesagt, und hatte von da an vor allem eines im Sinn, nach Agrigent zu fahren und diesen Landstrich zu besichtigen und zu entdecken, genau wie im Reiseführer beschrieben.

13

Wir fuhren weiter. Die Straße schlängelte sich jetzt durch die Ebene. Ein Schild, verwittert zwar, aber noch lesbar, wies rechts auf das Tal der Tempel hin. Und während wir uns mit langsamer Geschwindigkeit näherten, fuhren wir vorbei an vereinzelten Personengruppen und Autos, die entlang der Gehwege parkten.

Keinen Deut von unserem Programm abweichen, so lautet mein Rat, erklärte ich. Unser Verhalten muss natürlich bleiben. Nichts ist harmloser als ein Touristenpärchen.

Luisa hielt den Reiseführer auf ihren Knien, sie warf einen Blick hinein und verkündete dann: Heute also die Tempel, und morgen Syrakus, übermorgen Ragusa. Nicht zu vergessen, Melvil, Savoca, das hatten wir uns fest vorgenommen. Jeder Normalsterbliche, der nach Sizilien reist, besucht Savoca. Wer kennt nicht zumindest den Namen dieses Bergdorfs? Und die Treppenstufen zur Kirche hinauf. Ich erwiderte beharrlich, wir sollten uns streng an das Programm halten, das wir auf dem Zettel notiert hatten, der zwischen den Seiten des Reiseführers steckte, und das Tag für Tag auf mehreren Seiten ihres kleinen Spiral-Notizbuchs aufgeführt ist. Wir haben schon zu viel Zeit mit dieser Geschichte verloren, fast einen halben Tag. Ich sage es dir noch einmal, Luisa, solange sich nichts ändert, solange uns niemand danach fragt, geht uns die Sache nichts an. Damit das endlich in deinen Kopf geht: Du und ich, wir sind keineswegs die einzigen Touristen, die um diese Jahreszeit Sizilien besuchen.

Wir waren auf der Esplanade vor dem Eingang zu den Tempeln angekommen, die sich streng aneinandergereiht vor uns erhoben. Ich bemerkte bei dieser Gelegenheit, dass Luisa mir nicht mehr zuhörte, sie nahm die antike Landschaft in Augenschein. Ich kümmerte mich darum, den Wagen abzustellen, fuhr den Parkplatz ab, der maßlos überfüllt war. In der Ferne das Meer, diesig. Ich schlüpfte in meine helle Leinenjacke und stellte mich dann in der Schlange vor dem Schalter an. Eine gute Gelegenheit, um Luisa zu erinnern: Viele der Touristen, mit denen wir zusammen warteten, waren auf der Weiterreise am Flughafen angekommen und an dem Strand vorbeigefahren, bei dem auch wir gewesen waren. Alles logisch.

Die Besucherschlange rückte zur Kasse vor. Ich folgte Luisa: Ob ich den Gedanken äußern sollte, dass nur ein Zufall diesen ganzen Ärger hervorgerufen hatte? Dass sich ab dem Moment, als wir in den Wagen stiegen, alles so gefügt hatte, dass wir genau diese Route nahmen? Dass wir an dieser und keiner anderen Snackbar anhielten? Musste ich also ahnungslos, wie von einer unsichtbaren Hand geleitet, diesen Fehler begehen und die Abzweigung nach rechts nehmen, die nirgendwohin führte? Musste in diesem Augenblick der Regen einsetzen und die Nacht über uns hereinbrechen? Mit einem flüchtigen Blick auf die Schlange der sich drängenden Besucher mahnte Luisa: Bitte, Melvil, hör auf! Lass uns nicht mehr darüber sprechen, und auch sonst über nichts mehr, auch nicht über die Zeitung. Wir schauen uns hier etwas an.

Mit einer Handbewegung wies sie mich auf die Höhe des Eintrittsgeldes hin. Ich holte einen Schein heraus und erklärte, wenn es einen Verantwortlichen oder eine Verantwortliche gäbe, wäre dies niemand anderes als der Vater oder die Mutter des Kindes. Ich gab außerdem zu bedenken, dass diese Migrantengruppe sich selbst dadurch in Gefahr gebracht habe, dass sie neben der Autobahn kampierte. Ich erinnerte mich genau, auch ich hatte sie gesehen. Darauf erwiderte sie, wir, ja, wir beide als Paar, Melvil, seien verantwortungslos, vor allem du. Sie folgerte mit zunehmender Wut: Jeder Autofahrer, der diese Bezeichnung verdient, hält an und steigt aus seinem Wagen, wenn er einen Aufprall hört, den er nicht zuordnen kann.

Obwohl ich derselben Ansicht war und ich mir diesen Punkt schon gestern auf der Fahrt nach Taormina klargemacht hatte, widersprach ich Luisa. Ich sagte, jeder vernünftige Autofahrer, der seine fünf Sinne beisammenhabe, sich seiner Verantwortung bewusst sei, hätte ebenso reagiert wie ich, ich wisse, wo ich in dieser Sache stehe. Und Luisa fragte mich, gewiss verärgert, was ich ihr verzeihe, ob ich eine ebenso verantwortungsvolle Vorgehensweise an den Tag legen würde, wenn ich mich zur Arbeitsagentur begebe, um eine Stelle zu suchen, die ich sowieso immer ablehnen würde. Mit Verlaub, Melvil, daran habe ich doch große Zweifel.

Sie nahm mir den Schein aus der Hand und legte ihn auf die Ablage des Ticketschalters, der zugleich als Eingang zum ersten Tempel diente, dessen riesige Umrisse ich über uns aufragen sah. Ich erwiderte nichts. Ich dachte nur an ihren Vater, Professor Gozzolli, der bei unserer Rückkehr am Samstag bestimmt in der Ankunftshalle des Flughafens sein würde, um seine Tochter in Begleitung ihres Gatten, der immer nur auf der faulen Haut lag, in Empfang zu nehmen. Was soll's ... Luisa steckte die Eintrittskarten in ihre Handtasche. Ich kam auf unsere Diskussion über diesen dummen Unfall zurück und überging geflissentlich die Geschichte mit der Arbeitsagentur.

Ungerührt und um meinerseits den Schluss daraus zu ziehen, dass wir damit aufhören sollten, gab ich also meine Version der Dinge zum Besten: Es kann jedem Autofahrer passieren, dass er sich verfährt, wenn er den Weg nicht kennt und er zudem auf einer Straße mit vielen Schlaglöchern bei Regen mit einem Auto unterwegs ist, das nicht ihm gehört. Wie soll man unter diesen Bedingungen einen Spaziergänger am Straßenrand ausmachen ...? Kannst du mir das sagen? Kannst du mir erklären, Luisa, was dieses Kind auf dieser Straße zu suchen hatte? Tatsächlich sei es an der Zeit, sich klarzumachen: Meiner Überzeugung nach entbehrt diese Abfolge von Scherereien, die auf ein Missgeschick zurückgehen und auf nichts sonst, jeder Grundlage.

Die Angestellte hinter dem Schalter wendete sich an mich, um mir das Wechselgeld zurückzugeben, das ich in meine Tasche steckte. Mit gesenktem Kopf fügte ich hinzu, die Umstände sind schuld, das ist alles. Sie sind gegen uns. Es war wirklich ausgesprochenes Pech, und erinnere dich, alles begann mit deinem Wunsch, baden zu gehen. Sonst wäre ich nie von der Autobahn abgefahren.

14

Luisa nahm den Hauptweg, eine breite Allee, die durch eine dürftige Vegetation zu den Tempeln führte. Ich schlug vor, wir sollten zum Zeichen unserer Entschlossenheit keinen Deut weder von unseren Plänen noch von unseren Gepflogenheiten abweichen, nach dem Besuch der Akropolis eine Tour durch die Altstadt machen und das historische Zentrum besichtigen, wie sie es geplant hatte.

Zögernden Schrittes wandelte Luisa im archäologischen Park von einem Ort zum anderen. Im Reiseführer steht alles, sagte sie zu mir. Sie las den Kommentar. Am poetischsten ist das Schattenspiel auf den Kannelüren der Säulen, wenn die Sonne langsam auf ihrer Bahn herabsinkt, fuhr sie fort. Sie wanderte zwischen den steinernen Säulenschäften und Kapitellen umher, die je nach Lichteinfall bisweilen bläulich glänzten. Dann gingen wir unter riesigen Friesen, Architraven und Gesimsen auf einem von kurzem Rasen bedeckten Weg weiter. Luisa orientierte sich mithilfe ihres Plans, den sie auseinandergefaltet in ihren Händen hielt. Ich folgte ihr Schritt für Schritt bei jedem Richtungswechsel, blieb stehen, wenn sie stehen blieb, was häufig vorkam, und änderte die Richtung, wenn sie die Richtung änderte.

Lange verweilten wir vor dem, ich glaube, Apollon-Tempel, der sich durch einen zerfallenen Portikus zu erkennen gab, wie Luisa anhand des Reiseführers beschrieb, der zur allgemeinen Einführung vermerkte, dass diese Stätte durch die UNESCO zum Weltkulturerbe erklärt worden sei. Danach verließen wir das Tal der Tempel, es war noch lange hin bis zum Sonnenuntergang.

Luisa klagte über brennende Augen, sie kramte in ihrer Handtasche und erklärte, sie habe ihre Sonnenbrille auf dem Nachttisch in unserem Zimmer vergessen. Wir gingen weiter Richtung Stadt, unterwegs bat ich sie, fünf Minuten zu warten. Ich hatte das blinkende Leuchtschild einer Apotheke gesehen. Ich ging hinein und erkundigte mich, so gut ich konnte, ob sie hier Sonnenbrillen verkauften. Ich kaufte eine mit Markengestell, von der ich annahm, dass sie gut zu Luisas Gesicht passte. Die Apothekerin überhäufte mich mit Ratschlägen. Ich antwortete, zum Teil mit den Händen, die Brille sei ein Geschenk für meine Frau. Ihr schmerzten die Augen von der Sonne. Außerdem sei es das erste Mal, dass ich eine Markenbrille in einer Apotheke kaufte. Wir unterhielten uns längere Zeit, aber ich kann nicht wiedergeben, was genau die Apothekerin erzählte, weil ich kein einziges Wort davon verstand. Als ich zurück war, setzte Luisa die Brille auf, hob den Kopf und sah direkt in die Sonne. Sie war sprachlos. Aber es ging.

15

Nach einer kurzen Strecke am Fuß des historischen Zentrums nahmen wir zur Stadt hinauf die Via Atenea, wie man den Weg laut Luisa benannt hatte, die weiter in den blauen Reiseführer starrte, die Augen auf die mit einem Lesezeichen versehene Seite Agrigent, Region Agrigent, gerichtet. Dann erreichten wir den Piazzale Aldo Moro, wo ich meiner Frau endlich sagen konnte, dass es höchste Zeit sei zurückzufahren. Es wurde immer später. Wir hatten den festgelegten Zeitrahmen schon weit überschritten, aber wir sollten uns ohne die geringste Änderung an den Ablauf halten, den wir an jenem Märztag skizziert hatten, als wir beschlossen, eine Woche auf Sizilien zu verbringen.

Zudem wusste ich, woran Luisa dachte. Ganz ehrlich, ich konnte es erraten. Wird Zeit, mein Schatz, den Weg Richtung Parkplatz einzuschlagen, mahnte ich. Luisa ließ sich treiben. Ich legte unmerklich meine Hand auf ihren Nacken. Offensichtlich erschöpft, zeigte sie noch einmal auf die Tempellandschaft, die von der Sonne angestrahlt wurde. Der bläuliche Stein färbte sich violett und wurde dunkler. Und dann stellte sich dieser Gedanke ein, der mich nicht mehr losließ: Es war sonnenklar, alles hatte wirklich schlecht begonnen.

Von Zweifeln geplagt, war ich mir keineswegs sicher, ob uns bei der Rückkehr ins Hotel nicht irgendeine böse Überraschung erwartete. Doch alles musste weitergehen: Wir blieben vor der Kathedrale stehen, um auf einer Caféterrasse eine Pause einzulegen. Das Gesicht meiner Frau belebte sich. Der Eindruck entstand durch das Licht, das zwischen zwei Sonnensegeln hindurchfiel, die über Souvenirgeschäften von einer Straßenseite zur anderen gespannt waren.

Als wir auf dem Rückweg die Hauptstraße hinuntergingen, gerieten wir in die Menschenmenge. Ich rief im Hotel an und fragte, ob zufällig jemand eine Nachricht für uns hinterlassen hätte, ob zum Beispiel die Adresse einer Karosseriewerkstatt auf meinen Namen hinterlegt worden sei. Die Rezeptionistin antwortete, wir hätten tatsächlich Post bekommen. Ich bat sie, den Umschlag zu öffnen. Sie las mir eine Adresse vor, sagte, es sei die Adresse einer Autowerkstatt. Ich teilte Luisa meine Erleichterung mit. Im Wesentlichen hieß das: Alle Gefahr war beseitigt.

Wir können also davon ausgehen, sagte ich ihr zufrieden ins Ohr, dass der Karosseriebauer ab morgen früh am Werk sein wird. Sollte in der Zwischenzeit jemand so aufdringlich sein und uns unangenehme Fragen wegen des rechten Kotflügels stellen, werden wir seine Aufmerksamkeit dadurch ablenken, dass wir erklären, in der Touristensaison seien solcherlei Unfälle nicht selten, an Ostern, das dieses Jahr sehr früh liege, sei zwar weniger los als im Juli, aber es sei dennoch sehr touristisch.

Zurück auf dem Parkplatz, wuchs ihre Besorgnis erneut, als sie auf der Rückbank wieder die Titelseite der Zeitung mit dem Foto der Leiche sah. Sie wollte den Artikel noch einmal lesen. Die Hände in den Hosentaschen, wartete ich geduldig, während eine leichte Brise, die auch die Zeitungsseiten rascheln ließ, unter die Jacke über meiner Schulter fuhr, sodass sie im Wind schlug. Luisa kam auf das Thema zurück. Sie sagte mir noch einmal, dass der Artikel in der Tat einen Lagerplatz in der Gegend des Unfalls erwähne. Meine Meinung hingegen: War es nicht nutzlos, sich mit diesen Einzelheiten aufzuhalten? Sollten wir nicht langsam zurückfahren? Luisa, die meine Bemerkung ignorierte, fuhr mit ihrer Lektüre fort: Im zweiten Absatz stand, das Kind sei bestimmt von einem vorbeirasenden Fahrzeug erfasst worden. Dahinter stecke sicher die Absicht des Journalisten, bemerkte ich, die Eltern von ihrer Verantwortung reinzuwaschen, die ihr Kind im No Man's Land hatten herumstreunen lassen. Davon ausgehend, könne man sich alles Mögliche zusammenspinnen.

Der Reporter habe hinzugefügt, dass auf dieser Straße unweit des Strandes zahlreiche Fahrzeuge unterwegs seien, vor allem Nutzfahrzeuge, aber auch die Autos ausländischer Touristen. Man müsse das, nachdem die Polizei eine Suchmeldung herausgegeben habe, als Hinweis verstehen, dass diese Art von Unfall keine Spuren hinterlasse.

Diese letzte Information, die Luisa mir bei ihrer ersten Lektüre vorenthalten hatte, schien mir beruhigend. Ich erachtete diese schwierigen Ereignisse als eine Probe für die Belastbarkeit unserer Ehe. Luisa blätterte die Zeitungsseite um und las einen weiteren Artikel zu dem Fall.

Dann legte sie die Tageszeitung auf die Rückbank und ging ein paar Schritte weiter vor, um ein letztes Mal die Tempel zu betrachten.

16

Im Hotel Via del Mare kam der Kellner quer durch den Salon auf mich zu. Was ist passiert, Monsieur Hammett? Ich suche Sie seit heute Mittag, ich habe mir schon Sorgen um Sie gemacht und Ihnen sogar eine Nachricht an der Rezeption hinterlassen. Sie verschwinden einfach so, ohne ein Wort zu sagen, da waren wir natürlich beunruhigt. Ich hätte gern beschwichtigend auf seine Ungeduld eingewirkt und bedauerte, seinen Vornamen vergessen zu haben. Er lag mir auf der Zunge, denn die Rezeptionistin hatte ihn erwähnt, aber ich wollte ihn ungern fragen, wie er hieß. Dennoch erwiderte ich, meine Handynummer sei kein Geheimnis, sie sei auf dem Anmeldebogen an der Rezeption vermerkt, außerdem hätten wir ihm Bescheid gesagt: Besonders die Besichtigung von Agrigent wollten wir auf keinen Fall verpassen, haben Sie das vergessen?

Seinen Anweisungen folgend, fuhr ich mit ihm zu einer Autowerkstatt in einem abgeschiedenen Stadtteil von Taormina, abseits des touristischen Trubels. Der Kellner hatte sein weißes Jackett mit den vergoldeten Knöpfen und den Gallonen auf den Schultern anbehalten. Während er mit mir sprach, trommelte er an die Metalltüre, sie öffnete sich. Zwei Männer, der eine trug einen Turban, der andere stammte, wie ich annahm, aus Asien, waren in einer Werkstattgrube unter dem Fahrgestell eines Lastwagens zugange. Von hinten aus der Werkstatt hörte man das Brummen eines Generators. Der Kellner bat ungeduldig um meine Autoschlüssel. Ein Automechaniker, in Wirklichkeit der Besitzer, trat aus dem Büro über der Werkstatt und beugte sich über das Geländer einer Metalltreppe. Sie sprachen miteinander. Mit einer Schulterbewegung zog der Kellner sein Jackett, dann mit rascher Geste seine Manschetten zurecht und wollte wissen, ob ich damit einverstanden wäre, wenn ich den Wagen am übernächsten Morgen abholen könnte. Nickend stimmte ich zu.

Bei meiner Rückkehr ins Hotel erwartete Luisa mich am Rand des Pools. Mit fragendem Blick erkundigte ich mich, ob es Neuigkeiten über das Kind am Straßenrand gebe. Sie begnügte sich damit, auf die Zeitung zu deuten, die neben ihr auf der Rückenlehne des Liegestuhls lag. Offenbar ging es darin um diesen Unfall in Acireale, aber ohne Foto.

In besorgtem Tonfall eröffnete mir Luisa, sie habe Zeit gehabt zu überlegen. Sie würde sich besser fühlen, wenn wir schon am nächsten Morgen an den Unfallort zurückkehren würden. Das würde mich etwas beruhigen, fuhr sie fort. Das nützt nichts, Luisa. Unser Kommen würde nur Durcheinander stiften. Ich wurde sehr deutlich, wägte meine Worte gründlich ab: Warum dorthin zurückkehren? Und wozu? Um dem Barkeeper in der Snackbar Hallo zu sagen? Sollte er sich überhaupt an uns erinnern. Um als neugierige Touristen das Flüchtlingslager zu besichtigen? Auf mich kannst du dabei jedenfalls nicht zählen. Im Übrigen verbiete ich es dir. Des Weiteren beteuerte mir Luisa, sie habe den Gedanken, sich der Polizei zu stellen, ganz und gar aufgegeben. Daraufhin entspannte sich die Atmosphäre.

Morgen steht Syrakus auf dem Programm, ein Anlass, um neue Pläne zu schmieden. Das Auto wird fertig sein, tadellos, repariert, und sollte es Luisa wieder einfallen, an den Unfallort zurückkehren zu wollen, würde ich Mittel und Wege finden, sie davon abzubringen. Das hieß aber meine Frau schlecht kennen. So einfach ist es nicht. Wie ich befürchtete, verfiel Luisa, von dem Gedanken besessen, Gutes zu tun, trotz allem auf die Idee, alles Menschenmögliche zu unternehmen, um die Familie des Opfers über den Umweg einer humanitären Organisation zu entschädigen, und machte damit jede Hoffnung zunichte, dass die Sache eines Tages aufhören würde.

17

Bevor wir am nächsten Tag nach Syrakus aufbrachen, gingen wir zum Geldautomaten des Hotels und stiegen dann in der Sonne die langen Steintreppen zur Oberstadt hinauf. Ich schaute bei der Werkstatt vorbei, klopfte an die Wellblechtür des Schuppens. Der aus Asien stammende Mechaniker kam mit dem Schweißbrenner in der Hand, um mir aufzumachen. Im Funkenregen einer Fräse durchquerten wir die Werkstatt. Der Inhaber der Autowerkstatt kam aus seinem Büro auf der Empore. Ans Metallgeländer gelehnt, erklärte er, er habe noch keine Zeit gehabt, sich den Wagen anzusehen. Aber kein Problem, ein wenig Geduld, er würde den Kotflügel bald reparieren. Er habe es doch für heute versprochen, regte ich mich auf. Auf den Wagen zeigend, rückte ich bis zum Kotflügel vor. Ich habe doch um nichts Unmögliches gebeten! Sie sollten einfach alle Unfallspuren beseitigen, nicht mehr und nicht weniger, hier, sehen Sie!, und dann mit etwas Politur drübergehen, das kann doch nicht so schwer sein. Der Chef kam ein paar Stufen herunter. Er stimmte zu, das sei schnell gemacht, kein Problem, das kriegen wir hin, morgen früh ist der Wagen fertig.

Ich sah Ungemach auf mich zukommen. Ich sagte dem Besitzer der Werkstatt, er hätte mich wenigstens informieren und im Hotel anrufen können. In der Mitte der Treppe angekommen, legte er die Hand auf das Geländer und erwiderte, sein Mitarbeiter habe noch keine Zeit gehabt. Der Mechaniker, der mir die Tür geöffnet hatte, legte seinen Schweißbrenner auf den Boden, nahm den Helm ab. Er lächelte mir freundlich zu, dann zuckte er zum Zeichen seiner Machtlosigkeit mit den Schultern.

Ich fragte den Besitzer, ob er das ernst meine oder sich über mich lustig mache. Wir seien für eine Woche in der Stadt, und ich würde bitte schön, wenn möglich, gern mit einem instandgesetzten Auto zurückfahren. Kein Problem, rief er aus. Diesen letzten Satz musste Luisa nicht übersetzen. Ich setzte wieder an: Und wie komme ich jetzt nach Syrakus? Mit dem Mofa?

Der Chef erreichte die letzten Treppenstufen vor dem Werkstattboden. Wahrscheinlich fragte er sich, worin das Problem liege, wenn er das Fahrzeug mit vierundzwanzig Stunden Verspätung zurückgeben würde. Er kauerte sich vor dem Auto nieder, schätzte fachmännisch die Kosten des Schadens. Geben Sie uns ein wenig Zeit, Sie und Ihre Frau, seufzte er, der Arbeiter nahm seinen Schweißbrenner. Der Chef richtete sich wieder auf und klopfte dabei mit der Handfläche den Schmutz von seinem orangeroten, in der Taille gerafften Overall.

Heute Abend ist er fertig, der verbeulte Kotflügel ist keine große Sache. Er frage sich freilich, wie so etwas möglich sei. Sie kamen vom Flughafen, stimmt's? Das ist nicht weit, es sind gerade mal fünfzig Kilometer, und dennoch haben Sie es geschafft, Ihren neuen Wagen zu verbeulen. Roberto, der Kellner, ist mein Schwiegersohn, er sagte, Sie seien zu schnell gefahren. Worauf Luisa erwiderte, besagter Roberto habe keine Ahnung, doch auch wenn Sie die Ursache nicht kennen, Sie wissen doch, was zu tun ist? Der Werkstattbesitzer steckte die Hände in die Hosentaschen.

Ich für meinen Teil konnte mich nicht erinnern, dem Kellner so viele Einzelheiten mitgeteilt zu haben. Ich sagte, heute Abend sei es schon zu spät. Ich überschlug, was bei der Rückgabe an die Autovermietung neben anderen Unannehmlichkeiten auf uns zukommen würde, wenn ich den Unfall nicht meldete. Zudem wusste ich aus Erfahrung, dass die Kontrolleure bei diesen Verleihstationen sehr pingelig waren. Es war also zwecklos, Ärger zu machen.

Luisa war schon auf dem Weg zum Ausgang. Wegen des Lärms, verkündete sie und zeigte mit verhaltener Geste auf den Mann mit dem Schweißgerät, zu dem noch der Turban tragende Arbeiter mit der Fräse kam, vor seinem Werktisch, ganz hinten. Und zum ersten Mal seit unserer Reise nach Agrigent, also seit der Entdeckung des Fotos von dem toten Kind am Straßenrand, bemerkte ich einen zarten, feuchten Schleier auf Luisas Augen.

Ich stieß die schwere Metalltüre auf und trat aus der Werkstatt hinaus. Ursprünglich wollte ich meiner Frau einen Urlaub bieten, der diese Bezeichnung verdiente, eine schöne Reise in die Sonne. Jetzt fragte ich mich, ob es etwas Kostbareres gebe als Ferien in der Sonne. Und deshalb war ich traurig, die Wendung der Ereignisse machte mich traurig. Ich wünschte mir aus tiefstem Herzen, dass wir diese Geschichte beenden könnten, die keinen Sinn ergab, und warum ergab sie keinen Sinn? Aller Logik nach? Weil der Chef, der jetzt in der Mitte seiner Werkstatt stand und sich die Hände an einem ölgetränkten Lappen abwischte, seine Arbeit nicht gemacht hatte.

Luisa wartete ungeduldig am Straßenrand. Sie drehte mir den Rücken zu, und das war auch gut. So entging ich dem Blick ihrer schönen grünen Augen. Warum schön, Melvil? Wieso erzählst du solche Dinge? Warum sprichst du von ihren Augen, wo du doch gerade ihren und deinen Tag durch deine Ungeschicktheit ruiniert hast? Du hast ihre Augen nie angeschaut. Jetzt schon, jetzt siehst du sie.

Ich machte kehrt und ging zurück in die Werkstatt. Der Chef, der wieder am Geländer lehnte, war jetzt im Gespräch mit dem Arbeiter am Schweißgerät. Er frage sich, wohin sein Schwiegersohn Roberto verschwunden sei, der kranke Typ in dem weißen Jackett mit den Gallonen, und der Arbeiter war ganz seiner Meinung: Roberto redet viel, wenn der Tag lang ist, für wen hält er sich eigentlich. Der Chef sagte, er denke ebenso, und als er mich entdeckte, erklärte er, mein Mitarbeiter kann es richten, er macht sich gleich dran, nur keine Aufregung. Und ich sagte: Aha, Sie machen sich gleich dran …! Na dann … Das wollen wir hoffen.

Zu meinem Erstaunen kam Luisa zurück. Sie hatte tatsächlich einen Entschluss gefasst: Nichts wie weg von hier und verschwinden. Sie zog mich am Arm. Sie war nervös – vielleicht hatte sie mich sogar leicht gekniffen, über dem Ellbogen. Mit den Leuten hier erreicht man nichts, erklärte sie. Der Automechaniker sah mich ins Auto steigen, die Tür zuschlagen und prüfen, ob der Schlüssel im Zündschloss steckte. Dann fahren wir jetzt, verkündete ich.

Zuerst wartete ich darauf, dass der Arbeiter mit dem Turban seine Fräse weglegte und mir das große Metalltor öffnete. Routinemäßig zog er den ersten Flügel zu sich. Von Weitem sah ich Luisa, die auf dem Weg hinaus schon das Trottoir erreicht hatte. Der Mechaniker öffnete den zweiten Torflügel. Ich trat aufs Gaspedal, als der orangefarbene Overall des Chefs plötzlich auftauchte. Er kreuzte die Arme, um mich am Weiterfahren zu hindern. Warten Sie! Ich ließ die Scheibe herunter und blieb auf der Schwelle der Werkstatt stehen. Der Chef gab dem Arbeiter mit dem Turban einen Befehl, der daraufhin die Fahrertür öffnete. Weiter vorne stand Luisa noch immer auf dem Gehweg, aber sie würde nicht mehr lange warten, sie war schon auf dem Sprung über die Straße, die Handtasche hatte sie schon umgehängt. Die Vorstellung, sie könnte ohne mich aufbrechen und, warum auch nicht, nach Gravinnella marschieren, machte mir Angst. Es war sehr wahrscheinlich. Luisa hatte immer ihren eigenen Kopf, und deshalb war ich sauer auf den Chef, der sich mit den Händen auf dem Kühler abstützte und über meine Windschutzscheibe beugte. Er redete auf mich ein, aber ich verstand nicht das Geringste, möglicherweise wandte er sich auch an den Mechaniker, der mich dann aufforderte auszusteigen.

Der Chef trat zu mir: Wir werden Ihren Wagen gleich reparieren, Signore, Sie hätten mir doch sagen können, dass Sie im Hotel wohnen, Sie kennen ja meine Tochter, wie mir gerade eingefallen ist. Jetzt verstehe ich, alles wird gut. Wir werden Ihren Kotflügel sofort austauschen.

Ich ging zu Luisa, um ihr zu sagen, dass sich alles einrenken werde, der Werkstattbesitzer habe seine Meinung geändert. Sie willigte ein, umzukehren. Der Chef stand noch immer vor der Tür und wartete auf mich, wischte sich die Hände an einem sauberen Lappen ab und steckte sein Handy in die Tasche seines Overalls. Ich fragte ihn, wie lange er genau brauchen würde. Zwei oder drei Stunden, Sie können mit der Signora warten. Er deutete auf einen Sonnenschirm am Ende des Hofs, mit einem Klapptisch und Stühlen darunter: Meine Tochter hat mir alles erzählt, Sie hatten Scherereien bei Ihrer Ankunft, das ist verständlich, wir hören ja auch Radio, Sie müssen nicht deutlicher werden, wir lassen Sie nicht im Stich, Sie sind nicht die ersten Touristen …

Der Chef verschwand kurz im Halbdunkel seiner Werkstatt. Ich sah ihn vor dem Auto, wie er seinem Mechaniker Anweisungen gab. Er kam zurück zu mir und nannte mir die Gesamtkosten, Austauschen des Kotflügels, Ersatzteile und Arbeitsstunden. Er erwähnte noch, dass die Arbeitszeit für das Einsetzen geringer ausfallen könne, doch ich wusste nicht, um wie viel. Ich verstand nur den Ausdruck Freundschaftspreis, und im Anschluss daran: Da Sie ein Bekannter meiner Tochter sind, wäre es besser, im Voraus zu bezahlen, wir nehmen Cash. Ich rechnete im Kopf den Betrag aus, den ich einige Stunden zuvor in Euro am Geldautomaten abgehoben hatte, und erwiderte, die Rechnung für die Reparatur sei überzogen.

Dann näherte sich Luisa und steuerte auf den Sonnenschirm zu. Der Chef tauchte mit der Hand in eine Gefriertruhe. Er holte zwei Dosen mit kohlesäurehaltigen Getränken hervor und öffnete sie. Luisa setzte sich, ohne meine Meinung einzuholen, und prüfte, ob das Relief der Dosenöffnung etwa von einer Spur Schmieröl verunreinigt war.

Der Werkstattbesitzer reichte mir die Hand und sagte, alles werde in Ordnung kommen, er verstehe meine Schwierigkeiten: Ich heiße Michelini. Roberto, der Kellner, ist der Verlobte meiner Tochter Rosa, aber Roberto ist ein Dummkopf, er hat mir nicht erzählt, dass Sie im Hotel wohnen.

Er setzte sich unter den Sonnenschirm. Ich stand mit dem Rücken zur Straße und sah, wie der aus Asien stammende Arbeiter die Werkstatt durchquerte. Er ging zu seinem Kollegen, der dabei war, den vorderen rechten Scheinwerfer auszubauen, während sein Arbeitgeber an mich gewandt erklärte, der Unfall müsse mit einem gewaltigen Aufprall verbunden gewesen sein, wobei ich spürte, dass Luisa kurz davor war, ihm zu sagen, dass ihn das nichts angehe. Nebenbei ließ er uns wissen, er habe auf der Rückbank das Foto von diesem toten Kind auf der Titelseite der Zeitung gesehen. Eine üble Geschichte, murmelte er, fügte aber deutlicher vernehmbar hinzu, dass Vorkommnisse dieser Art nicht selten seien, angesichts unserer Situation sei es jedoch das Beste, die Zeitung nicht für alle sichtbar auf unserem Rücksitz liegen zu lassen, es könne die Polizei auf uns aufmerksam machen, worauf Luisa mir einen vorwurfsvollen Blick zuwarf. Ich ging in die Werkstatt. Sie haben recht, Signore Michelini. Ich klappte die Rückenlehne des Vordersitzes um, nahm die Zeitung, lieh mir das Feuerzeug des Arbeiters mit dem Turban, der mit letzten Handgriffen den Kotflügel abmontierte. Draußen legte ich die Zeitung auf einen ausgedienten Kanister, zündete sie an, zum einen, damit Luisas vorwurfsvoller Blick mich nicht mehr der Nachlässigkeit bezichtigen konnte, zum anderen, um mich selbst zu beruhigen, und ich dankte Michelini für seinen besonnenen Rat.

Wir müssten noch vorsichtiger sein, erklärte er Luisa. Wissen Sie, meine Tochter hat Besuch von der Polizei gehabt, sie haben sie befragt, ohne ins Detail zu gehen, allerdings haben sie angekündigt, in den nächsten Stunden wiederzukommen. Der Carabiniere interessiert sich für ein mutmaßliches Pärchen, das in der Gegend ab Sonntag ein Zimmer gemietet haben soll. Rosa sagte, die Polizisten seien nicht sehr lange geblieben, doch unter ihnen sei ein bestimmter Inspektor gewesen, der sich offenbar intensiv mit der Sache befasst hat. Er gab an, er untersuche den Unfall, bei dem ein Kind ums Leben gekommen war, und das sei seiner Meinung nach keine Lappalie, auch wenn ein Kind an der Straße dort um die Uhrzeit nichts zu suchen habe. Jedenfalls scheint der Inspektor gut unterrichtet zu sein, er weiß schon, hören Sie gut zu, dass die Eltern in der Nähe des Unfallorts leben, sie hätten sich Anfang des Monats nicht weit vom Strand entfernt niedergelassen, in dieser Hinsicht nimmt es der Inspektor ganz genau. Deshalb erkläre ich Ihnen das, denn er steht auf der Seite der Eltern, er ist in der Region bekannt, sein

Name ist Dacosta, es ist nicht sein erster Fall dieser Art, das kommt häufiger vor bei den illegalen Einwanderern, die am Straßenrand Zuflucht finden. Er sagte, er habe die Leute im Lager schon befragt. Das Auto habe nach dem Zusammenprall angehalten, der Motor sei ausgemacht worden, dann habe einige Minuten völlige Stille geherrscht. Die Eltern hätten es genau gehört. Daraus könne man schließen, dass der Fahrer nicht ausgestiegen sei. Die Eltern hätten keine Sekunde daran gedacht, dass ihr Sohn unter die Räder gekommen war. Dann sei der Wagen wieder gestartet und schnurstracks davongefahren, aber, passen Sie auf, was der Inspektor meiner Tochter erzählt hat: Man habe nichts gehört, nur das leise Klacken einer Autotür, sonst nichts, als ob es einen kaltlassen könnte, wenn man ein Kind überfährt. Verstehen Sie, nach einem solchen Aufprall steigt man doch eigentlich aus, oder …? Deshalb warne ich Sie, Signore Hammett, Sie heißen doch Hammett, nicht wahr? Meine Tochter hat es mir erzählt. Sie müssen wissen, dass die Behörden seit gestern in jedem Hotel Erkundigungen einholen, und ich selbst denke, dass sie bald auch die Autowerkstätten in ihre Ermittlungen einbeziehen, für den Fall, dass uns die Polizei besucht, wäre es mir lieber, wenn Sie dann schon verschwunden wären. Es sieht aus wie eine Kleinigkeit, aber je mehr ich darüber nachdenke, umso vertrackter erscheint mir die Sache. Seit dem Anruf meiner Tochter treibt es mich um, und seit Roberto so vernünftig war, mich daran zu erinnern, dass Sie im Hotel logieren, was er zuvor vergessen hatte zu erwähnen. Wissen Sie, so ist Roberto einfach, er hilft gern, aber er vergisst alles, was man ihm sagt, ein richtiges Sieb. Sie geben ihm eine Anweisung, er sagt Ja, doch es geht zum einen Ohr rein und zum anderen wieder raus. In seinem weißen Jackett herumzustolzieren, seine Gallonen zu zeigen, gut, das kann er, doch man kann ihm nicht das Geringste anvertrauen. Ah, warten Sie eine Minute. Michelini verschwand in der Werkstatt.

Eine Viertelstunde später kam er zurück, in der Zwischenzeit hatten wir den Rest unseres Sodawassers ausgeschlürft. Er bat um Entschuldigung, er habe nur die Arbeit seines Mechanikers überprüfen müssen. Es wird länger dauern als gedacht, fuhr er fort, ein Problem mit dem Blinker, das Ersatzteil ist nicht dasselbe Modell, außerdem hat der Kühlergrill etwas abbekommen, besser, man tauscht alles aus, der Preis ist vielleicht entsprechend höher, aber danach können Sie in aller Ruhe weiterfahren … Gehen Sie beim Geldautomaten vorbei. Keine Anzeichen des Unwillens bei Luisa. Ich sagte dem Werkstattchef, in Ordnung, aber ich sage Ihnen gleich, das ist das letzte Mal, Signore Michelini, dass Sie die Rechnung hochtreiben. Doch er war schon bei einem anderen Thema, wollte etwas von Luisa wissen. Er erkundigte sich, was eine junge Touristin wie sie von ihrem Aufenthalt in Sizilien erwarte. Luisa ließ ihn abblitzen. Sie interessiere sich in erster Linie für die Geschwindigkeit, in der man die Reparatur ausführe, alles sei sehr teuer, meinte sie, viel zu teuer. Der Werkstattbesitzer überging Luisas Einwand. Er kam wieder auf mich zu: Eine Frage sei bis jetzt unbeantwortet geblieben. Um es besser zu verstehen, müsse man ganz zum Anfang zurück, als Michelini den

Anruf von Roberto erhalten und wegen des zu reparierenden Kotflügels nachgefragt habe. Was ich mich frage, Signore Hammett: Warum sind Sie von der Nationalstraße abgefahren, als Sie vom Flughafen kamen? Roberto hat mir alles erzählt. Ich frage mich das, weil Sie …, wenn ich richtig verstanden habe, sind Sie nicht auf kürzestem Wege ins Hotel gefahren, sondern haben eine andere Strecke genommen … das interessiert mich. Der Unfall ist nicht so schlimm, in dieser Hinsicht kann ich Sie beruhigen, das kommt vor, ich könnte beinahe sagen, wir sind so etwas gewohnt, aber warum, aus welchem Grund haben Sie eine andere Richtung eingeschlagen? Was ist passiert …? Verstehen Sie, was ich meine?

Ja, ich verstand, es war ganz einfach zu erklären: Sehen Sie, Signore Michelini, wir sind nach Sizilien gekommen, um das Meer zu sehen, wir hatten also die Absicht, so bald wie möglich an einen Strand zu fahren, verstehen Sie, es ist eine Frage der Zeit, wir besichtigen das Land, aber wir haben nur wenige Tage zur Verfügung … Und warum sind Sie dann nicht direkt zum Hotel gefahren, nachdem Sie das Meer gesehen haben? Ihr Zimmer war bezahlt. Warum sind Sie von der Autobahn abgefahren? Und wenn es so war, wüsste ich gern, in welchem Hotel Sie die Nacht verbracht haben. Meine Tochter hat mir berichtet, Sie seien erst am nächsten Tag angekommen, das hat sie übrigens auch den Carabinieri gesagt. Aus Sicherheitsgründen, antwortete ich dem Werkstattbesitzer und beugte mich zu ihm vor: Ich muss Ihnen gestehen, sagte ich mit leiser Stimme, dass ich nach diesem Aufprall befürchtet habe, verfolgt zu werden. Ja, ich weiß, auf den ersten Blick mag das unangebracht erscheinen, aber so ist es eben, nun wissen Sie es. Ich dachte auch, es sei schon spät, und ich wollte nicht um diese Uhrzeit im Hotel ankommen, dort aufkreuzen, als wäre nichts gewesen, den Nachtportier wecken, ich habe mir nichts dabei gedacht und einfach die nächste Ausfahrt genommen … Ich hielt kurz inne, um seine Reaktion zu sehen. Er schien nicht sonderlich überzeugt. Deshalb kam ich noch einmal darauf zurück: Sollte Sie das bekümmern, Signore Michelini, muss ich Ihnen in diesem Fall sagen, ja, ich habe es vorgezogen, unsere Ankunft hinauszuschieben. Wegen dieses Unfalls, kurz nachdem wir die Snackbar verlassen hatten, habe ich mir in den Kopf gesetzt, wir könnten auf einem Parkplatz haltmachen, den Tagesanbruch abwarten. Letztlich haben Sie also im Straßengraben geschlafen? Nein, Signore Michelini, zuletzt haben wir im nächstbesten Dorf gehalten und es nicht bereut.

Ich merkte, dass meine Antworten Michelinis Neugier entfachten. Luisa und ich waren in der Lage, eine Nacht im Auto zu verbringen, statt in ein Hotel zu gehen, und darüber staunte er. Ihr Zimmer war bezahlt, erklärte er ungläubig. Ich zuckte mit den Schultern. Luisa verlor angesichts all dieser Fragen die Beherrschung und seufzte gereizt. Michelini überlegte noch einen Moment. Dann fragte er mich, ob ich mich an den Namen des Dorfs erinnern würde, in dem wir die Nacht verbracht hatten. Ich antwortete, Gravinnella. Aber es gibt nichts in Gravinnella, wenn man Glück hat, kann man gerade mal ein Eis kaufen!, rief er aus.

Er schien ratlos. Er fragte sich deutlich vernehmbar,

ob es nicht am besten wäre, wenn wir das Auto bis zum nächsten Tag in der Werkstatt ließen. Er sagte auch, es sei zu gefährlich für uns, ins Hotel zurückzugehen, gegen Bezahlung würde er für die Nacht ein Zimmer finden. Da fiel Luisa ihm ins Wort. Das käme gar nicht infrage. Wir nehmen das Auto und kehren ins Hotel zurück. Michelini sah sie leicht verblüfft an, ja war es denn die Möglichkeit? Dann erklärte er ihr: Ich weiß nicht, ob Ihnen das klar ist, Signora Luisa, aber Sie werden polizeilich gesucht.

18

Michelini schleppte mich in sein Büro, er überschlug die Kosten auf einem Blatt seines Notizblocks, auf dessen Kopf das Logo einer Motorenöl-Marke aufgedruckt war. Ich holte die Banknoten hervor, die ich zuvor am Geldautomaten gegenüber unseres Hotels gezogen hatte, blätterte sie Schein für Schein auf den Schreibtisch und zählte sie, aber es war nicht genug, sodass ich schließlich erklärte, ich käme in einer Stunde wieder, wenn ich den Rest zur Begleichung der Rechnung abgehoben hätte. Michelini gab zurück, das reparierte Fahrzeug würde die Werkstatt erst verlassen, wenn er das gesamte Geld cash erhalten hätte. Er riet mir zur Vorsicht. Was meinen Sie damit?, fragte ich ihn. Sehen Sie zu, dass Sie nicht auffallen. Dann gab er mir ein anderes Blatt des Notizblocks, auf das er die Nummer seines Handys notiert hatte, falls es nötig ist, sagte er. Luisa könne gern hier warten, erklärte Michelini anschließend, und ich erwiderte, ich sei kurz weg, um zu Fuß ins Zentrum von Taormina zu gehen und eine Bank zu finden.

In höchste Alarmbereitschaft versetzt, hob ich das Geld ab, setzte mich dann mit einem doppelten Espresso in den hintersten Winkel einer Bar und schlürfte ihn siedend heiß. Ich beugte mich über das Smartphone in meiner Hand und sah mir den Abbuchungsbeleg an, wohl wissend, dass ich, in Anbetracht der Rechnung, grob geschätzt fünf Mal so viel hinblättern würde, wie die Reparatur eigentlich kostete, und aus dem Kontakt mit dem Werkstattbesitzer schloss ich, dass ich es mit einem Netzwerk zu tun hatte, aus dem ich zumindest zwei Namen kannte, Michelini und Roberto, denen ich Rosa, die Rezeptionistin des Hotels Via del Mare, hinzufügen konnte. Das beruhigte mich, denn die Mitglieder dieser Gruppe waren die Einzigen, die mir helfen konnten. Doch es bereitete mir auch Sorgen, denn der Werkstattchef verstand keinen Spaß, wenn es um Preise ging. Nachdem ich ausgerechnet hatte, über wie viel Geld ich noch verfügte, kostete ich mit dem Kaffeelöffel von dem braunen Zuckerschaum auf dem Grund der Espressotasse.

Eine Viertelstunde später kam ich an der Fassade der Kathedrale vorbei und wünschte mir, Luisa würde mich begleiten und mir etwas zu der Kirche erzählen, anschließend ging ich den Gehweg entlang, der gegenüber dem Eingang zum antiken Theater lag, für dessen Besuch meine Frau, wie mir dabei einfiel, einen bestimmten Zeitpunkt festgelegt hatte, ein Vorhaben, das angesichts unserer Lage nun ins Wasser fiel. Als braver Tourist verweilte ich vor dem Eingangstor, um mögliche Ermittler der Polizei in die Irre zu führen.

Von nun an ging es darum, im Besucherstrom unterzutauchen. Nachdem ich nach den Öffnungszeiten gesehen hatte, geleitet von der illusorischen Aussicht, meiner Frau zu sagen, dass wir das antike Theater besuchen könnten, sobald ich den Werkstattchef bezahlt hätte, setzte ich meinen Weg fort.

Allerdings wusste ich auch nicht, wohin sonst wir hätten gehen können. Zumal es eine Chance gab, wenn auch nur eine sehr kleine, gewiss, aber immerhin: Wir konnten das Land verlassen, ohne die Aufmerksamkeit der Polizei zu erregen.

Von Weitem sah ich den Leihwagen vor der Fassade der Werkstatt stehen, unter großformatigen, von Hand gemalten Buchstaben: Zaza Michelini, Autoreparaturen. Seine weiße Karosserie hob sich von der Düsternis der Autowerkstatt ab. Hastig steuerte ich direkt auf die Werkstatt zu. Da bemerkte ich die Uniform eines Polizeibeamten. Dann, auf der rechten Seite, nahe dem Metalltor, das Auto der Carabinieri mit offenen Türen. Der Uniformierte, kurzärmeliges, petrolblaues Hemd, weißer Gürtel, schien die menschenleere Straße zu beobachten. Er wechselte die Stellung, um mit Michelini zu sprechen, der aus der Werkstatt getreten war und ihn wahrscheinlich ablenkte, als er mich kommen sah. Und ich ging ohne Eile weiter, machte unauffällig einen Bogen, spazierte ganz ungezwungen an der Werkstatt vorbei und ging auf dem Gehweg weiter, als ob nichts wäre. Dann wartete ich hinter dem Gebäude, in einem Winkel eines eingezäunten Geländes, zwischen Unkraut, dem Propeller und dem Motor einer ausgedienten Klimaanlage und verrostetem Schrottwerkzeug verborgen, auf die Abfahrt des Carabiniere, den ich bald nicht weit von mir vorbeifahren sah.

Michelini steckte die Scheine ein, ohne nachzuzählen, ohne auch nur ein Wort über die exorbitante Summe zu verlieren, während er mir mit seiner rauen Stimme erklärte, dass Luisa beschlossen habe, ins Hotel zurückzugehen, um, fuhr er fort, ein paar Sachen zu holen, bevor sie nach Gravinnella aufbrach. Er habe sie nicht daran hindern können. Ich halte es für keine gute Idee, um diese Zeit ins Hotel zurückzukehren, Signore Hammett, aber soll ich Ihnen sagen, was ich glaube? Ich glaube, Ihre Frau macht, was sie will.

Ich hatte es eilig, zu den Treppen zu gelangen, die in die Unterstadt hinabführten, und erklärte dem Werkstattchef, ich würde das Auto am frühen Abend, vielleicht sogar erst bei Anbruch der Nacht holen. Daraufhin versprach mir Michelini, die Schlüssel stecken zu lassen. Zuvor schüttelte er mir lange und mit festem Griff die Hand, dann erinnerte er mich noch einmal daran, dass ich nicht der Einzige sei, der diese Sorte von Ärger habe. Welche Sorte von Ärger?, fragte ich. Und Michelini gab zurück: Sie wissen schon, was ich meine, dieses Kind. Er wünschte mir viel Glück.

Luisa wartete auf dem Gehweg vor einer Bushaltestelle. Sie mied die Treppen, wo zu viel los war, und schlug den Weg zur Zahnradbahn ein, mit der wir hinunterfuhren und nicht weit entfernt vom Hotel ankamen. Luisa betrat die Empfangshalle. Ich folgte ihr. Die Rezeptionistin sah grußlos mit argwöhnischem Blick zu ihr auf, den ich folgendermaßen interpretierte: Seien Sie auf der Hut, Signora Luisa, sie sind am Pool, ich glaube, Sie werden gesucht. Dennoch nahm sie sich die Zeit, uns anzukündigen, die Polizei sei so weit, unser Zimmer zu durchsuchen, man warte nur noch auf den Durchsuchungsbeschluss. Ich warnte meine Frau, wir hätten keine Zeit, unsere Sachen zu holen, es sei zu gefährlich. Doch Luisa erinnerte mich daran, dass sie ihren Pass in die Schublade des kleinen Sekretärs gelegt hatte. Sie würde nicht ohne ihn aufbrechen. Wir hasteten hinauf in unser Zimmer.

19

Die Schlüsselkarte für die Zimmertür funktionierte, in Gedanken dankte ich der Rezeptionistin. Nachdem die Tür wieder geschlossen war, fiel Luisa, die unentschlossen herumstand, in ihrer Verwirrung ein, dass sich ihr Pass nicht in der Schublade des Sekretärs befand, sondern, wie ihr gerade bewusst wurde, tief unten in ihrer Handtasche. Sie entschuldigte sich. Schritte im Flur. Ich schob sie eilig auf den Balkon über dem tropischen Garten. Ich konnte gerade noch den Vorhang zuziehen, als ich einen Mann in einem glänzenden, braunen Anzug bemerkte, den ich für jenen, von Michelini beschriebenen Inspektor Dacosta hielt. Jedenfalls benahm er sich wie ein Inspektor, und ich glaubte ihn erkannt zu haben, obwohl mir der Werkstattbesitzer sein Aussehen in Wirklichkeit gar nicht geschildert hatte.

Der Mann trat ins Zimmer. Er blieb im gedämpften Licht stehen, das durch die Vorhänge fiel, die zum Teil zugezogen waren. Der Polizist, der ihn begleitete, öffnete das Fenster, das auf die Umfassungsmauer hinausging, die dem Balkon gegenüberlag. Inspektor Dacosta, denn ich glaubte, dass er es war, rührte sich nicht vom Fleck. Er drehte sich um einhundertachtzig Grad auf seinen Absätzen, nahm das Zimmer in Augenschein, zog ein Paar durchsichtige Handschuhe an, und mir war sofort klar, dass wir, verborgen von den Tüllgardinen und einem schweren Stoffvorhang, lange auf dem Balkon würden ausharren müssen, denn der Mann blieb reglos in der Zimmermitte stehen. Er dachte nach, stand ratlos herum, die linke Hand an der Hüfte und den Schoß seines Jacketts zur Seite schlagend, als hätte er Rückenschmerzen und das Bedürfnis, sich zu dehnen, während er sich mit der anderen Hand am Kinn rieb.

Luisa rückte näher an mich heran, drückte sich gegen meine Schulter. Ich spürte, dass sie ebenso nervös war wie ich, und ich fürchtete, sie könne die Aufmerksamkeit des Polizeibeamten wecken oder, schlimmer noch, die des Inspektors. Durch den Spalt zwischen dem Rand des Vorhangs und der Lamellentür vor dem Balkonfenster konnte ich ihn, so gut es ging, dabei beobachten, wie er Luisas Kleider aus dem Schrank zog, wobei die Kleiderbügel über die Metallstange schrappten. Er knüllte die Kleidungsstücke eins nach dem anderen zusammen und warf sie ohne Rücksicht erst aufs Bett, dann auf den Boden. Der Polizist in Uniform zog die Betttücher von den Matratzen, hob jede an und ließ sie zurückfallen. Dann verteilten sie im Badezimmer alles, was auf der Ablage über den Waschbecken stand, auf den Bodenfliesen. Ich hörte, wie ein Glas zersprang. Unsere Sachen lagen nun im ganzen Zimmer auf dem Parkett herum, auch vor dem Türfenster zum Balkon. Der Polizist drehte Luisas Strandtasche um, die er mit ausgestreckten Armen von sich hielt; dabei stellte er dem Inspektor Fragen, auf die dieser nicht antwortete. Wegen des Durcheinanders auf dem

Fußboden, auf dem bronzefarbenen Teppich zwischen Kleiderschrank und Bett, kam Dacosta bei seiner professionell und systematisch durchgeführten Suche nach Hinweisen langsam voran. Ich drückte Luisa vorsichtig an mich, passte auf, dass von uns kein Laut zu hören war.

Vor dem Nachttisch angekommen, hörte Dacosta auf, über die auf dem Parkett verteilten Dinge zu steigen. In dem winzigen Spalt, den die Vorhänge offen ließen, sah ich einen Teil seines Gesichts. Nun wandte er sich nach links und beugte sich dabei vor, sodass es schwierig für mich war, den Gegenstand zu erkennen, den er ans Licht brachte. Er hustete, stieß einen leisen Seufzer der Befriedigung aus und rief – zum ersten Mal hörte ich seine Stimme – dem Polizeibeamten zu: Schauen Sie mal, Capitano, was ich gerade gefunden habe, das ist interessant! Nun kannte der Mann meine Identität. Er hielt nämlich die Monatskarte für Arbeitslose zur kostenlosen Nutzung der öffentlichen Transportmittel hoch, damit der Mann, den er Capitano nannte, sie sehen konnte. Ich musste die Monatskarte vor unserer Abreise in der Gesäßtasche meiner Hose vergessen haben. Dann erklärte er beim Betrachten des Fotos: Jetzt weiß ich, mit wem ich es zu tun habe.

Der Polizeibeamte schwieg dazu, wühlte mit einer Hand aufs Geratewohl in Luisas Strandtasche, inspizierte die wahllos aus dem Schrank gerissenen Gegenstände, Kleiderbügel, Schuhputzutensilien und meine vom Hotel zur Verfügung gestellten Badesandalen, die vereinzelt zwischen Luisas Ballerinas und Espadrilles lagen.

Der Inspektor erwartete keine Antwort. Er bückte sich

wieder, wühlte unablässig in meinen Hemden herum, warf das Handtuch auf den Boden, das noch feucht war von Luisas Besuch des Pools am Morgen, und sagte: Es wird nicht lange dauern, dann kriegen wir diesen Typen.

Stecken Sie die ein! Er reichte dem Polizisten meine Monatskarte. Und geben Sie sie Ihrem Kollegen im Erdgeschoss. Zufrieden pfiff und trällerte er leise vor sich hin: Keine Ahnung, was unsere beiden Vögelchen gerade anstellen. Währenddessen nahm er die schwarz-weißen Fliesen des Badezimmers in Augenschein, fischte einen Beleg für eine Kreditkartenzahlung aus dem Mülleimer, die ich am Abend zuvor in mehrere Teile zerrissen hatte, ein Hinweis auf den Kauf der Sonnenbrille in Agrigent oder die Tankrechnung. Akribisch setzte er den Beleg Stück für Stück zusammen wie ein Puzzle.

Der Polizist ging ihm zur Hand und drehte die Schublade des Sekretärs um. Schauen Sie sich das an, Ispettore. Er reichte seinem Vorgesetzten Luisas kleines Spiral-Notizbuch. Dacosta schlug es auf, blätterte bedächtig darin. Keine Reaktion. Dann fragte er seinen Kollegen, wo er das gefunden habe, in welcher Schublade? Seiner Ansicht nach lohnte es sich tatsächlich, es anzuschauen. Er setzte sich auf die Matratze, machte es sich bequem, um eine zufällig aufgeschlagene Seite zu lesen. Das ist ihr Besichtigungsprogramm, erklärte er, das kann uns vielleicht noch nützlich sein, auch wenn ich Zweifel daran habe. Aber … wer weiß. Der Inspektor blieb an einer anderen Seite hängen: Sie führt Buch über ihre Konten! Und er kümmert sich um das Bargeld, daraus erfahren wir auch nicht viel. Er fuhr mit der Lektüre fort: Diese Frau führt

Tagebuch. Hören Sie sich das an, Capitano: Kaum angekommen, atmet sie in der erfrischenden Luft dieses Landes auf, obwohl es, wie sie schreibt, ein wenig geregnet hat, seit sie am Flughafen aus dem Flugzeug gestiegen sind. Zudem hat sie es eilig, im Meer zu baden, es sei so belebend, fügt sie hinzu, außerdem erwartet sie von Melvil, der hier mehrfach genannt wird, dass er einen schönen Sandstrand findet. Sie wünscht sich auch, dass er sich wieder einkriegt. Allerdings schreibt sie nicht, weshalb er sich wieder einkriegen soll. Ich könnte mir vorstellen, dass sie sich vor ihrer Abreise gestritten haben, ihre Nerven scheinen blank zu liegen, und er hat offenbar ein Problem mit ihrer Ehe. Ich sage Ihnen, Capitano, meiner Meinung nach, und für so etwas habe ich einen Riecher, muss es hier irgendwo einen Liebhaber geben. Dagegen nichts über den Tod des Kindes. Die Rezeptionistin sagte mir, sie sei eine sehr schöne, außergewöhnlich elegante Frau, und er liefe hinter ihr her wie ein Hund an der Leine, ein echtes Schoßhündchen, den Eindruck hat er jedenfalls von Anfang an gemacht. Und daran habe sich laut der Rezeptionistin nichts geändert. Ich glaube, ich sollte alles lesen, die Sache wird pikant. Wir werden dieses Tagebuch untersuchen, besonders die Stellen, an denen sie ihren Ehemann erwähnt, bestimmt erhalten wir so weitere Informationen, anhand derer wir herausfinden werden, wo sie sich verstecken.

Die laut kommentierte Lektüre dauerte ziemlich lange. Dass dieses Individuum auf diese Weise in Luisas Privatsphäre eindrang, stieß mir bitter auf. Zuletzt stellte er enttäuscht fest: Im Augenblick sagt dieses Tagebuch nichts darüber aus, wo sie stecken könnten. Innerlich reagierte ich auf die Tatsache, dass ich nie auch nur eine Zeile aus Luisas Tagebuch gelesen hatte. Er gab das Spiral-Notizbuch dem Polizeibeamten zurück, der es zusammen mit meiner Monatskarte in einen durchsichtigen Plastikbeutel steckte.

Dacosta setzte seine Untersuchung fort, wandte sich mit enttäuscht klingender Stimme an den Polizisten. Haben Sie etwas Ungewöhnliches am Pool entdeckt …? Irgendeine Spur …? Sie müssen irgendwo hier in der Gegend sein, aber Geduld … Haben Sie den Parkplatz überwacht? Passen Sie auf, Ispettore, schneiden Sie sich nicht an den Scherben vom Zahnputzbecher im Badezimmer, antwortete der Polizist, ich habe Splitter neben dem Waschbecken gesehen … Dann: Ich kenne ein Zimmermädchen, das einiges zu tun haben wird. In diesem Augenblick wurde mir bewusst, dass mein Smartphone jederzeit klingeln, mir eine Nachricht schicken könnte, und ich setzte alles daran, es mit nur einer Hand auszuschalten, ohne den Arm zu bewegen.

Der Polizist kündigte an, er werde jetzt zu seinen Kollegen gehen. Zum Zeichen der Erleichterung drückte ich Luisas Handgelenk. Doch der Inspektor hielt ihn mit einer Handbewegung zurück. Er erinnerte ihn daran, dass dieser vergessen habe, die Rezeptionistin zu verhören. Er selbst habe von Anfang an gedacht, dass sie mehr wisse, als ihre Angaben vermuten ließen. Der Polizeibeamte erwiderte, er werde sich darum kümmern, er wolle auch die Überwachung des Parkplatzes aufheben. Sie haben recht, Capitano, befand der Inspektor … Suchen Sie lieber in der Umgebung, gut möglich, dass die beiden unter falschem Namen in einem anderen Hotel abgestiegen sind, in dem Fall wird es schwierig.

Dann zählten sie gemäß ihrer Wahrscheinlichkeit der Reihe nach alle Mittel auf, die meine Frau und ich – sie nannten uns die Flüchtigen – nutzen könnten, um uns den Ermittlungen zu entziehen. Ich lege meine Hand dafür ins Feuer, dass sie sich noch in der Gegend aufhalten, es sei denn, sie sind, wie Sie bei Ihrer Ankunft vielleicht zu Recht vermuteten, Capitano, nach Messina abgehauen, wo viel los ist. Dann setzte sich der Inspektor in Zivil, von dem ich nur das Profil sah, weil er im Gegenlicht stand, mit dem Borsalino, den ihm der Polizist soeben gegeben hatte, langsam und vorsichtig in Luisas Sessel. Er strich über die mit Samt bezogene Sitzfläche, um mögliche Glasscherben von der Durchsuchung wegzuwischen, und rief laut, dass sie es bei mir mit einem Ass der Verschleierung zu tun hätten, was er bislang nicht auf dem Schirm gehabt habe.

Sein Smartphone begann zu klingeln. Er nahm den Anruf an. Sehr gut, sagte er, und dann, einige Sekunden später: … bleiben Sie, wo Sie sind, keiner fasst etwas an! Er beendete das Gespräch: Sie haben den Wagen gefunden, aber offenbar hat das nichts ergeben. Ich weiß nicht, ob sie vielleicht Komplizen haben, aber eines ist sicher, in diesem Hotel hier sagt keiner etwas. Befragen Sie noch die Rezeptionistin? Und vergessen Sie den Kellner nicht, einen gewissen Roberto. Bei mir hat er geschwiegen wie ein Grab, aber er weiß etwas. Das alles lässt vermuten, dass die beiden Flüchtigen nicht weit weg sind. Bis jetzt sind sie uns durch die Finger geschlüpft, aber das wird sich ändern. Ich hätte, verdammt noch mal, früher an die Reparatur des Wagens denken müssen, das liegt doch auf der Hand, er wäre nicht der Erste, der versucht, nach einem Unfall die Karosserie auszubessern, nur dass er … Er hat ein Kind getötet! Es kann nicht mehr lange dauern, es handelt sich um ein Paar, zu zweit ist es schwieriger, sich zu verstecken … Verstehen Sie, Capitano …? Der Inspektor stand vom Sessel auf, beugte sich erneut hinunter, schnappte meinen Koffer am Griff, schüttelte ihn in der Hoffnung, einen neuen Hinweis zu finden, aber vergeblich. Er ging noch einmal ins Badezimmer, seine Stimme hallte … Eines habe ich vergessen, Capitano, bitten Sie unten um Einsicht in die Personalakten. Das ist immer erhellend. Ich sage Ihnen, dieser Kellner mit seinem weißen Jackett, der aussieht wie ein falscher Hund, der weiß etwas, und das ist nicht nur eine Mutmaßung. Haben Sie ihn auch vorgeladen …? Er wartet mit den anderen in der Halle, Ispettore.

Dacosta blieb allein im Zimmer zurück, dachte nach und schien betrübt darüber, keine weiteren Hinweise zu finden. Er gab meinen Strandschuhen einen Tritt. Ich legte meine Hand auf Luisas Mund, aus Furcht, sie könnte einen Laut von sich geben. Geduld, murmelte ich ihr ins Ohr und befürchtete, selbst der gedämpfte Atem meiner Stimme könnte die Aufmerksamkeit des Inspektors erregen. Doch er trat den Rückzug an, stieg rückwärts, als würde er es bedauern, über die zerfledderten Kleidungsstücke, dann über die vergeblich ausgeleerte Schublade des Sekretärs.

20

Wir warteten, bis die Polizei ihren Einsatz in der Empfangshalle beendet hatte. Endlich kehrte wieder Ruhe ein. Ich warf einen Blick vor die Tür. Offenbar hatten sie die Vernehmungen abgeschlossen. Luisa blieb auf dem Balkon, sie drückte sich an die Wand, streckte den Hals, um abzuschätzen, wie hoch wir über dem Boden waren, und versicherte mir, sie könne vom Balkon in den Garten springen, wenn wir das Hotel ungesehen verlassen wollten. Ich antwortete, das sei eine blödsinnige Idee, und rief Michelini an. Ich sprach von Geld, das einzige Wort, das der Inhaber der Autowerkstatt auf Anhieb verstand. Gefolgt von dem Wort Cash, der magischen Formel für Leute, die mit Michelini zu tun hatten, und vor allem vom Wort Kreditkarte. Ich ließ auch durchblicken, dass der Ausdruck Bankkonto, was meine Frau anging, einen nicht unerheblichen Wert einschloss.

In dem Zusammenhang fragte mich Luisa, wie ich ihrem Vater eines Tages sein Geld zurückzuzahlen gedachte, hatte ich mich doch an dem gemeinsamen Konto bedient, das fast vollständig von Gozzolli gedeckt wurde. Tut mir leid, Luisa, aber jetzt kommt es in erster Linie nicht auf das Konto an, sondern darauf, wie wir aus der Sache herauskommen. Sie sah sich im Zimmer um, blickte auf ihre zerfledderten Kleider, unsere wenigen Sachen für den kurzen, einwöchigen Urlaub. Sie drückte sich in die Sesselecke, stützte den Arm auf die Lehne, begleitete ihre Geste mit einem Seufzer der Entmutigung.

Michelini, der sich nicht lange am Telefon aufhielt, aber die Situation weiterhin im Auge behielt, rief mich zurück, um mir eine Lösung vorzuschlagen. Er fragte mich, was wir noch in dem Hotelzimmer machten, und fügte erneut hinzu, wir könnten nicht ermessen, wie viel Glück wir gehabt hätten, es sei ein Wunder, dass wir der Polizei entwischt seien. Hören Sie, Signore Hammett, Sie tun jetzt genau, was ich Ihnen sage, Sie folgen also Punkt für Punkt meinen Anweisungen. Zuerst sagen Sie mir, wo genau Sie sind. Wir sind im Hotel Via del Mare. Nein, ich frage nicht nach dem Hotel, ich meine: wo im Hotel? In unserem Zimmer. Und was ist mit Ihrem Zimmer passiert? Was passiert ist? Es ist durchsucht worden. Ich bat Luisa mit einem Blick um ihre Meinung, sie stimmte zu. Michelini sprach weiter.

Sie bleiben, wo Sie sind, wir werden Sie holen … Ich sagte, einverstanden, aber wohin gehen wir dann? Das Wichtigste ist jetzt, Sie in Sicherheit zu bringen, Signore Hammett. Sie sind damit nicht einverstanden? Wenn Sie bleiben, wo Sie sind, haben Sie nicht die geringste Chance. In fünf Minuten ist alles erledigt. Die Polizisten sind Ihnen auf den Fersen, sie werden Sie schnappen. Ich sagte noch einmal, dass ich einverstanden sei, ich hätte es kapiert. Einen Moment noch, Signore Hammett, ich muss mich versichern, dass im Hotel wieder alles ruhig ist, anschließend … Sind Sie sich sicher, dass es für Sie möglich sein wird …? Garantieren Sie mir, dass ich alles Nötige einleiten kann, um Sie dort herauszuholen? … Ich sagte Michelini, ich hätte auch ein Scheckheft, doch vor allem wäre da die Kreditkarte. Wir haben zwei, fügte ich hinzu. Was wollen Sie noch? Das ist sehr gut, Signore Hammett, Sie sind in guter Gesellschaft, und ich sehe, man kann auf Sie zählen. Wir werden Sie beide rausholen. Nach dem Stand der Dinge wird Roberto das übernehmen. Das hat den Vorteil, dass er Sie kennt. Wir werden Ihnen einen Wagen zur Verfügung stellen, er wird in der Straße vor dem Hotel parken. Sie warten. Und wenn Roberto kommt, folgen Sie ihm, ohne Fragen zu stellen, ohne Zeit zu verlieren, mit möglichst wenig Gepäck, eine kleine Tasche reicht. Vergessen Sie Ihre Pässe nicht, und dann steigen Sie in den Wagen. Der Fahrer fährt Sie, wohin Sie wollen. Das Wichtigste ist, Sie aus diesem Rattenloch herauszuholen. Ich will ganz offen zu Ihnen sein, Monsieur Michelini, erwiderte ich, im Moment wissen wir nicht, wohin. Um die Wahrheit zu sagen, das geht alles sehr schnell.

In dem Fall wird Roberto das Notwendigste zuerst tun, er wird Sie aus dem Hotel führen, alles Weitere sehen wir dann … Halt! Warten Sie!, fiel ich ihm ins Wort, ich weiß, wohin wir können, es ist nicht sehr weit. Ich legte das Smartphone auf meine Handfläche und begegnete dem zustimmenden Blick Luisas, die erleichtert war, als sie hörte, wie ich zu Michelini sagte, wir hätten, o Wunder, eine Lösung, wir könnten nach Gravinnella fahren. Einverstanden, kein Problem, hörte man die raue Stimme des Werkstattchefs. Wir blieben noch einen Moment auf dem Balkon stehen, ohne ein Wort zu wechseln. Es klopfte, in der Türöffnung sah ich Robertos weißes Jackett mit den Gallonen.

21

Der Kellner fuhr auf der Nationalstraße in Richtung Syrakus. Dann bog er an der Abzweigung nach Gravinnella links ab. Wir parkten mit geöffneten Fenstern auf dem Dorfplatz. Jetzt heißt es abwarten, wie es weitergeht, sagte ich zu Roberto. Michelini hatte angekündigt, der Kellner würde bei uns bleiben, und ich brauchte, um ganz sicher zu sein, seine Bestätigung, meine Frau ebenso. Roberto antwortete, er warte auf weitere Anweisungen.

Von der Antwort des Kellners beruhigt, nutzte ich die Zeit, um mich kurz zu entspannen. Luisa hatte, wie ich bemerkte, ein starres Lächeln im Gesicht, und mir fielen die Bedingungen ein, unter denen wir in der ersten Nacht im Auto geschlafen hatten. Als hätte sie alles aus den vorangegangenen Stunden vergessen, meinte Luisa mit erstickter Stimme und trotz sichtbarer Nervosität, diese erste Nacht, von ihr übertrieben als magisch bezeichnet, würde ihr in Erinnerung bleiben. Sie habe eine harmonische Verbundenheit mit diesem kleinen, von Mandelbäumen gesäumten Platz empfunden.

Plötzlich fuhr ein Polizeiauto vor. In einem ersten Reflex wollte ich mich hinter dem Lebensmittelgeschäft verstecken, doch ich rührte mich nicht vom Fleck, Robertos Gegenwart schützte uns. Aber ich zog Luisa auf der

Rückbank an mich. Der Kellner ging zu dem Polizeiauto und unterhielt sich kurz mit dem Beamten, der aus seinem Wagen gestiegen war. Ich bemerkte, dass der Polizist schwarze Lederstiefel trug, die bläulich glänzten. Sie führten ihr Gespräch weiter, dann kam der Kellner zu mir. Ich erinnerte ihn daran, dass ich einen Anruf des Chefs aus der Autowerkstatt erwartete. Auch der Polizist kam zu uns herüber. Mit der Hand am Visier seiner Mütze grüßte er Luisa, und Roberto warnte mich sogleich, das könne schlecht ausgehen, ich solle aufpassen, was ich sagte.

Der Polizist interessierte sich besonders für Luisa, er mochte diese Art Frau, und blöd wie er war, platzte Roberto heraus, Luisa sei tatsächlich sehr schön. Und bestimmt sehr liebenswürdig, übertrumpfte ihn der Polizist. Er hätte sie am liebsten zu sich ins Auto eingeladen und mit ihr eine kleine Spritztour unternommen. Ich beugte mich vor. Doch der Polizist beachtete mich gar nicht, er musterte meine Frau, zog sie langsam, von Kopf bis Fuß, mit seinen Blicken aus und schaute dann zu seinem Kollegen, der hinter dem Steuer sitzen geblieben war. Roberto flüsterte mir ins Ohr, Luisa riskiere, Schwierigkeiten zu bekommen, und ich fragte ihn, wohin dieser Mann meine Frau mitzunehmen gedenke. Roberto weiter, flüsternd: Bestimmt nicht auf ein Polizeirevier … eher auf einen Parkplatz, an einen menschenleeren Ort … Das wollen wir mal sehen, gab ich zurück. Roberto legte den Finger auf seine Lippen und bedeutete mir damit: Warten Sie! Sie haben mich nicht ausreden lassen! Sie können sie jederzeit mitnehmen. Für sie sind Sie beide inzwischen nichts weiter als Flüchtlinge, Sie stehen also nicht mehr unter dem Schutz des Gesetzes, das ist ihre Art, die Dinge zu sehen, sie können sich alles erlauben … es sei denn, Signore Hammett … es sei denn … Sie hören auf mich und vertrauen mir. Ich habe eine Lösung für Sie und Ihre Frau … Den einen Carabiniere kenne ich, ich habe schon mit ihm verhandelt, stellen Sie sich vor, er ist bereit, Ihnen zu helfen. Er hat mir gesagt, er kenne Sie nicht, habe Sie noch nie gesehen, weder Sie noch Ihre Frau, Signore Hammett, außerdem wird er Ihre Anwesenheit nicht in seinem Bericht erwähnen, er möchte nur ein kleines Dankeschön im Tausch dafür, dass sie Ihre Frau in Ruhe lassen, verstehen Sie, Signore Hammett? Ich sehe keinen anderen Ausweg.

Ich gab Luisa, die sich nicht rührte, ein Zeichen und ging über den Platz. Roberto begleitete mich, er wiederholte noch einmal, in den Augen dieses Polizisten seien wir nun nichts weiter als Fremde auf der Durchreise, die niemanden interessierten, Parasiten, wie es viele gebe, dieses Wort habe der Carabiniere verwendet. Er hat auch gesagt, er würde uns eine Viertelstunde geben, um zu entscheiden und zu wählen. Entweder nehmen sie das Mädchen mit, oder Sie zahlen, Signore Hammett. Ich fragte Roberto, ob er wisse, wo ich einen Bankautomaten finden könnte, das dürfte nicht allzu schwierig sein. Er nickte zustimmend, auch an den Fahrer des Polizeiautos gewandt, worauf dieser mit stummen Gesten antwortete und sein Kollege Luisa am Arm ergriff. Ich sah, wie sie erbleichte. Also marschierte ich zur Bankfiliale eine Gasse weiter, hinter das Gemeindehaus.

Dort angekommen, steckte ich meine Karte in den Automaten, gab meine Geheimzahl ein und hob den von dem Polizisten geforderten Betrag von meinem Konto ab. Ich wählte das Piktogramm Abhebung auf Kredit und nicht Barabhebung, was mir aufgrund meines Kontostands verweigert worden wäre. Der Automat spuckte die nagelneuen Scheine aus, einen nach dem anderen. Ich faltete sie in der Mitte, um sie in meine Tasche zu stecken, und wir kehrten zum Auto der Polizisten zurück. Unterwegs warnte mich Roberto, ich dürfe Michelini gegenüber kein Wort zu diesem Vorgang verlieren. Was hier geschieht, bleibt unter uns, sagte er zum Schluss.

Der Polizeibeamte steckte das Geld ein, doch die ersten fünf Scheine gab er Roberto. Mich würdigte er keines Blickes. Ich dachte, er wolle es vermeiden, mir ins Gesicht zu sehen. Er kannte mich nicht, hatte mich nie gesehen. Sein Kollege ließ Luisa los.

Das Smartphone begann zu klingeln. Jetzt konnte ich den Anruf annehmen, ohne etwas zu befürchten. Michelini erkundigte sich, ob ich in guter Verfassung sei und ob mit Roberto alles klargehe. Ich dachte an Luisa. Ich erwiderte, alles laufe wie vereinbart, es gebe keinerlei Probleme.

Er nannte einen Preis, ich gab meiner Frau ein Zeichen, damit sie näher trat. Ich wiederholte den Betrag. Sie erwiderte, das sei möglich. Michelini fuhr fort: Der Preis gilt bis zur Grenze, für zwei Personen. Sobald Sie bezahlt haben, schulden Sie mir nichts mehr. Sie wenden sich an den Schleuser, der Lebensmittelhändler nennt Ihnen die Details, es ist sein Sohn. Denken Sie auch daran, die Kleider zu wechseln, Melvil, Sie können nicht in dieser Aufmachung reisen, in einem Leinenanzug würden Sie auffallen. Und Signora Luisa, wie ist sie gekleidet …? Hat sie sich im Hotel die Zeit genommen und sich umgezogen? Ich erwiderte, ich würde das mit dem Sohn des Lebensmittelhändlers regeln.

Fahren Sie zurück nach Acireale, fuhr Michelini fort. Dort wartet ein Boot auf Sie. Endstation für Sie ist das Hafengelände, dann der Bahnhof von Genua. Nach Genua reisen Sie mit dem Schiff, Sie werden nicht allein sein, sondern in einer Gruppe. Jeder spricht eine andere Sprache, aber Sie werden sehen, die Atmosphäre an Bord ist recht angenehm. In Genua nehmen Sie mit der Signora den Shuttle, ein Stück weiter müssen Sie durch den Zoll, Sie mischen sich unter die Flut der Passagiere, täglich gehen viele Leute an Land, es ist ein großes Hin und Her. Massen von Menschen. Mit ein wenig Glück kann man die Grenze umstandslos passieren. Es kostet nur ein wenig Zeit. Um von da nach dort zu gelangen, kann man den Weg durchs Gebirge nehmen, es verkehren aber auch regelmäßig Fernzüge zwischen beiden Ländern.